窓辺のこと

石田千

港の人

装画／絵　牧野伊三夫

目次

窓辺のこと

ことし、むかし

窓辺のこと

暦を飛ぶ

年末年始は、東北にいる両親の家に帰る。

ひとり暮らしもながくなって、大掃除は簡略の一途。窓ふきだけ、念入りにすることにしている。

福島でうまれ、転勤族の父について、東北のあちこちの雪を見た。四歳の春から東京に住み、親もとをはなれてからは、都内のあちこちに住んだ。

いろんな町の窓をながめ、暮らしてきた。くもった窓も、あかない窓もあった。どの町も、泣いて笑って、おもしろかった。

本の仕事につくと、旅が増えた。車窓をながめる時間に、この世の広さ、豊かさ、それから縁の不思議を教わる。

いつかの旅を思いつつ窓をふくうち、したしいひとの顔が浮かぶ。

きのう握手をしたひと、新年会の約束をした友だち。もう会えない大恩人や先輩は、いつもそばにいてくれる気がするから、窓ふきはたのしい。

ことしは、五十歳になる。

いい風が、吹いてきますように。カーテンも洗って、吊るした。

そうして、机にちいさな鏡餅、玄関にもっとちいさい松飾り。戸締まり用心、火の用心。厚着をして、空港にむかった。

北国行きの飛行機は、風雪にずいぶん揺れた。ずいぶん旋回してようやく着陸すると、仕事を終えた田んぼに、白鳥の群れがいる。

一羽、また一羽。

たくましい翼で飛びたつと、厚い雪雲をかきわけ、水辺へと帰っていく。

コウ、コウコウ。

仲間を呼ぶ声と、なつかしい雪の匂いに、ただいま。しろい息がのぼる。

そんなふうに年が明け、正月三日。こんどは、東京へと飛ぶ。

羽田が近づくと、海も空も、きっぱりとあおい。

ことしもよろしくお願いします。

窓に額をつけ、富士山に手をあわせる。

この空のしたに、うちのちいさな窓もあるんだ。

いつもふしぎにながめ、新年の部屋がこいしくなる。

猫のめし碗

一月吉日、猫のめし碗の、使い初め。

お茶碗は、米のとぎ水で煮てから使うのよ。

教えてくれたのは、おばあさんだった。しろ水が沸き、めし碗はかたかた鳴る。

じつは、十五年もまえから持っていた。

……お友だちと温泉にいって、おみやげやさんに入ったら、あんまりめんこくて、買っちゃった。

そういって、母がくれた。うす茶の地に、三匹の太った猫が目を細めて談合している。しっぽや背のぶちが、飼い猫ミッキーに似ていた。おばあさんも、めんこいわねえと笑った。

たしかにめんこいけど、三十半ばの娘には、めんこすぎるんでないかの。こぶりのめし碗は、おかわりしちゃって、食べすぎそうだの。それでも、あんまりうれしそうにくれたから、ありがとう。もらって、東京にもどった。

いらい、十五年。あんまりうれしそうにくれたから、だれかに譲るのもしのびなく、台所の戸棚のおくにあった。たびたびの引越しでも、割れなかった。

昨年、喜寿をむかえた母は、風邪が長びいたり、ころんだりが増えた。

……いかがですか。

電話をすると、大丈夫でないときも、大丈夫というので、こまる。

娘も、いよいよ五十路となる。さすがに山盛りめしは食べられなくなった。使っていためし碗を重たく感じるようにもなり、そういえばとひっぱり出した。

おばあさんも、三毛猫ミッキーも、もういない。

十五年まえは、勝手気ままのやりたい放題。母にすれば、めんこい子どもだった。

娘でいられる時間は、永遠ではない。いまはわかる。

猫のめし碗に、炊きたてのしろめし。

祖父母の写真に手をあわせ、いただきます。

美術館にて

東京国立近代美術館の熊谷守一展は、没後四十年の大回顧展。いちどに見たら、もったいない。くたびれたら出るようにして、すいた時間に通っている。

熊谷守一は、岐阜に育ち、東京美術学校で学んだ。在学中より将来を嘱望されながらも、かけない時代がつづく。貧しさのなか、お子さんも亡くされている。

沈黙の格闘のすえに見えた道は、万物のことわりを自然にたずね、天地に眼をゆだねる覚悟だった。

明解な輪郭線をしめし、生きるいまを確定させ、明るく洗練された色彩を与え、だれもがひとめで熊谷守一とわかる絵が生まれた。

晩年の著作、へたも絵のうちを読んだのは、三十路なかばで勤めをやめたころだった。

のらりくらりと語られることばの正直さは、いいわけを巻きつけ逃げまわる甘さ弱さを、いいあてられる思いだった。

こころぼそい晩、禅問答にむかうように、くりかえし読んだ。散歩に出ると、そのときどきの答えが、おぼろげながら浮かんだ。

画家の境地は、夢のまた夢だけれど、いつか、じぶんだけの文を書いてみたい。ひんやりした卵のころがる一点、鬼百合に揚羽蝶が羽を休める一点。

ひと色、ひと筆とむきあうと、ひともまた、ありんこや鳥や猫のいる自然界の一員と思い出す。そして、鬼のようにそそり立っていた我の牙が、すぽんと抜ける。

九十七歳の、大往生。知ったころには、亡くなられていた。

五十の節目に、もんもんと書いていたころの大恩人に再会できる。

あたらしい問いをいただく思いで、見ている。

朝

八十四歳の父は、すこぶる早起きで、六時には食卓に出てくる。

まず、ほうじ茶をのみ、コーヒー豆を挽く。パンを焼く。

冷蔵庫から、ヨーグルトと作りおきのサラダを出し、りんごをむく。食いしんぼうなので、包丁も面倒がらずに持つ。

コーヒーをいれる。豆だけは奮発して、岩手の専門店に注文しているとのこと。

母が起きてくるころにはすっかりたいらげて、朝刊も読み終え、めぼしい記事があると、母が読むまえに切りぬいてしまう。

母は煮つまったコーヒーをつぎ、パンを焼く。

ならべてあるサラダと、変色しはじめたりんごを、ドラマを見ながら食べる。

ヨーグルトは、寝るまえに食べる。

銀行員だった父は、毎日時間どおりに、決まったことがしたい。元旦以外は、ずっとこの朝食がつづいてきたのだった。

昨秋、父は大病をして、手術もした。病院のみなさんのおかげでなんとか退院できて、だんだんと、日常がもとどおりになってきている。

食べる量は、半分くらい。母は、もとが食べすぎていたので、ちょうどいいと見ている。

こまるのは、モーレツ銀行マン時代からの、早食いがなおせない。誤嚥はこわいので、母がとなりで監督するようになった。

……お父さん、食べるのが、はやくなってますよ。三十秒は噛まなきゃだめなの。

食卓におおきな時計をおいて、ふたりでにらみながら食べている。

朝のしたくは、いまも父がしている。コーヒーはまだ飲めないけれど、母の一杯ぶんをいれている。

病中にも、一笑。

朝食をいっしょにとるようになり、母は、きれいな色のりんごを食べていた。

鬼と雪隠

図書館にスーパーマーケット、デパートや新幹線や食堂、喫茶店、書店。トイレに入るたび、間がわるく、紙がない。

日本国内のみならず、海を渡って、ローマやパリやロンドン、北京にリスボン、はるばるアラスカまで出かけても、おなじだった。

きっと、そういう星に生まれてきたんだ。いまでは慣れて、勝手に予備のありかを探し出す。あたらしい紙を使わせていただきます。めでたや、ありがたや。粛々と、交換の儀をおこなう。

若いころは、また面倒な始末をひいたと、ずいぶん腹をたてたものだった。あんまりはずれがつづくので、紙をひっぱりながら考えた。どうしてこんなに、腹がたつのかしら。

使いきったひとは、つぎのひとを気にかけずに出ていった。その尻ぬぐいに、憤慨する。ひとの親切をあてにして、期待がはずれた。知らないだれかに、こちらの行儀など、通るはずもない。

そんなことなら、だれにも会わず、部屋で気ままにしていればいい。それで、上機嫌かといったら、そんなことはない。

ラジオをつけて新聞を開けば、政治に経済、ひいきのヤクルトはあまりに弱い。この手におえないことにけちをつけ、口をとんがらす日もずいぶんある。

だれかなにかのせいにしているうちは、頭からつのが伸びてくるし、口から牙もむく。怒りの鬼から、逃げられない。

尻をまくって逃げるものあれば、ぬぐってせいせいと生きるものもいる。だからこの世は住みにくく、おもしろい。

ようやく怒りはおさまり、文字どおり、すべて水に流した。

鬼はそと、福はうち。

まくる才はないのだから、すこしはうまく清めるように。

五十にして得た天命かもしれない。

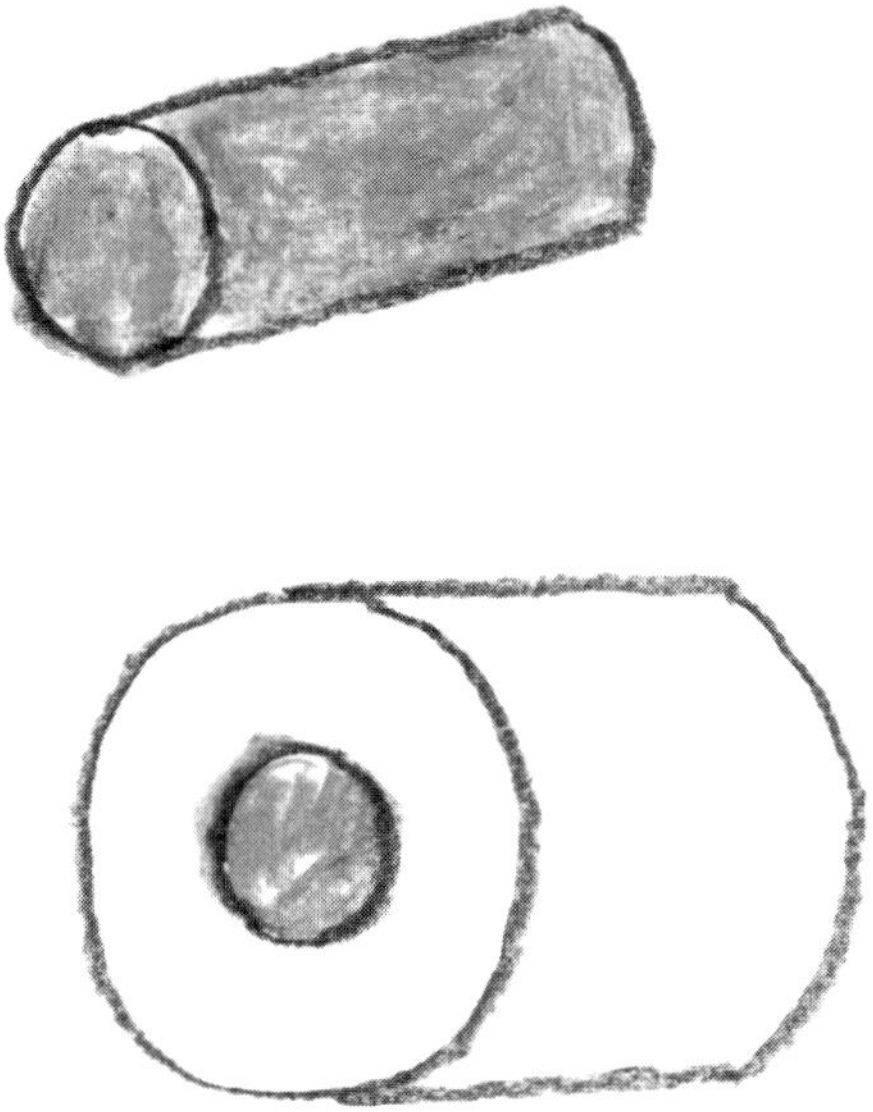

朝めしまえ

仕事は、毎日三枚。

目をさますなり、ラジオとストーブをつけ、顔も洗わず机にむかう。

朝のラジオからは、世界のいろんな音楽がきこえてくる。けさは、バロックのオルガンだった。ペンをにぎり、文字を追ううち、遠のいていった。

そうして、小一時間。

手をとめ、息をほどくと、窓の闇が明けていた。御来光をむかえ、きょうもあたらしい朝がきた。

そのうちラジオ体操の時間となり、そーれ、いち、にの、さん。朝食の算段をしながら、ちぢこまっていた手足をふりまわす。

七時をまわれば、窓辺のすずめたちが、にぎやかに呼びあう。車も増えて、学校にいく子どもたちの、おはようの声もきこえてくる。

こんな朝をつづけて、ちっとも飽きない。

毎日うまれる光のように、まだ見ぬことばのあるおかげと思う。

そうして、寝坊したりなまけると、なぜかうしろめたい。いつからか、ばちがあたるような背すじもうまれ、だれもいない部屋で書いている。

たかが三枚、されど三枚。雪の日も、熱のある日も、小一時間すぎれば、すっきりおしまい。

あとはもう、海にいってもいいし、山にのぼってもいい。寒いうちは、ふとんにもどり、二度寝も、こいしい。

どこにいってもいい、なにをしてもいい。お日さまをひとりじめしたように、はればれゆったり、町を見わたす。

ところが、本日の自由を手に入れたとたんに、大根のしっぽ、セーターの穴ぽこ。ささいな気がかりが、あちこちで呼ぶ。

……のこりの野菜を、スープにしようか。

湯気たちのぼり、冬の一日がはじまる。

芭蕉礼賛

中年うまれのせいか、バナナを見ると、ひゅるり、手がのびる。

那覇の坂道に、実芭蕉の大株を見たことがある。台風一過の朝だった。うず巻き暴れる葉のおくに、あおい実が揺れていた。

暑いさなか、おおきな葉をかきわけ収穫し、無傷で、お店にならんでいる。農場のかたは、さぞかしご苦心をされている。

むかしは、高級品だったのだ。父は皮をむきつつ、かならずいう。きょうは、フィリピンのバナナで、三本一〇八円。安くておいしくて、ありがたく、心配にもなる。

寒いうちは、焼いて食べている。

焼き網に皮のままのせ、ころがす。熟れて、そばかすが浮いて、ひとまわりしんみりしていた皮が、張りつめ、きつね色になっていく。台所に、甘く、こうばしい熱がこもる。

紅茶をいれて、ナイフとフォークもならべ、しろいお皿に、うやうやしくのせる。

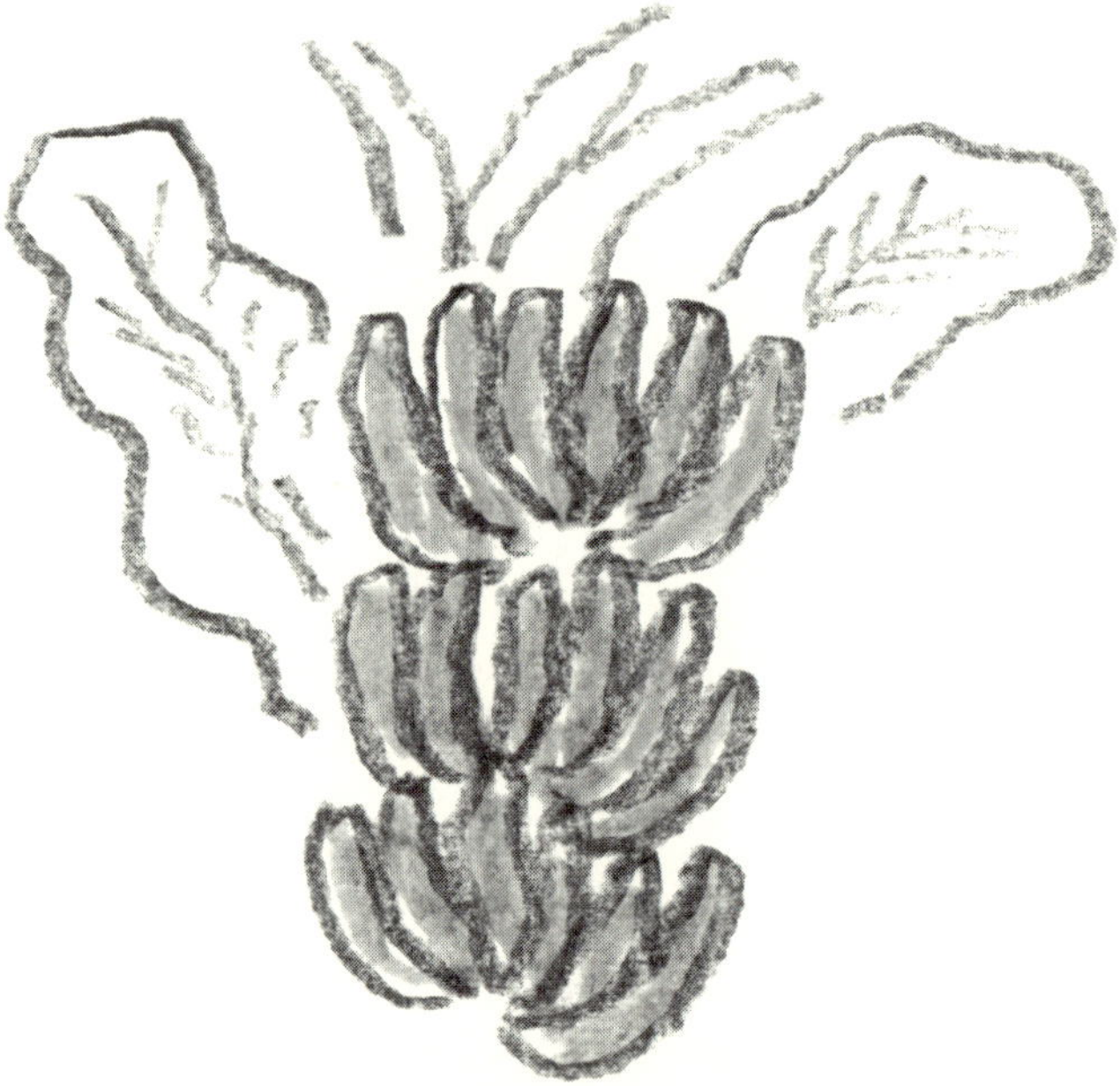

そうして、ひとすじ、切れめをいれる。

とろりと蒸れた実は、輝く。顔を寄せ、濃密な湯気を吸いこむ。バナナの実は、南の島のまぶしい光をとりもどしていた。

蜂蜜やシナモン、ラム酒をたらりもいいのに、そのひと手間さえもどかしく、すぐ食べ終わる。

栄養があって、消化もよく、風邪をひきかけた晩には、あたたかい牛乳と食べて早寝する。翌朝は、けろりとしている。

東南アジアに住んでいた友人に、カレーのかくし味にいれると教わった。試してみると、香辛料の刺激のあと、蜜の余韻がこくんとあらわれる。

夏は、つぶしてレモンをしぼって凍らせ、ヨーグルトをかけて食べる。

バナナがあれば、なんとでもなる。そう思っているので、お菓子作りは、まったく上達しない。

ほうじ茶

週にいちど、遠出の仕事がある。

都心から、急行で一時間。マンションがすくなくなって、川はばが広くなって、山なみがせまってくる。そのころには、車内もすいて、水筒を出す。田畑をかぞえながら、家でのんでいるほうじ茶をすする。

仕事さきには、自由に使えるポットがあって、お茶筒に、おなじほうじ茶を入れておいてある。お湯をわかして、お弁当のとき、休憩時間にいれる。帰りは、また水筒にたす。

慣れない出先で、あたたかいお茶がのめて、とてもありがたい。もうひとつありがたいのは、ちかくにお芋を焼いている食品店があり、週にいちどのおたのしみになった。

ほうじ茶は、両親の住む町のお茶やさんで、帰省のたびに買う。シャッター商店街であけている貴重なお店で、棚にお茶箱が、ずらりとならんでいる。両親と同世

ほうじ茶

代のご夫婦と、背の高い息子さんが店に立たれている。

東京には、おいしいお茶やさんが、いくらでもあるでしょうに。買いだめしていくので、母はあきれてそういうけれど、転勤族の娘には、和菓子しかり、お茶しかり、地元になじんだお店があり、長くおつきあいできるのは、あこがれだった。

いつもの香りに力みがほどけ、息がらくになる。銘柄の吟味より、その効能が、だんだん大切になってくる。

このあいだ、若い友人に、彼の住む町のほうじ茶をもらった。

……お店のまえで、あのミニ機関車みたいなので、作ってるんですよ。いい匂いで、なつかしくなって買ったんです。

いわれて、なるほど。

東京では、お茶を焙じるあかい機械にも、あの香りにも、会えなくなった。

毛糸玉

寝るまえ、おおきなかごをひっぱりだす。なかには、三年も編みかけの、チョッキが入っている。

編みもの教室に通って、八年め。いまだ卒業できずにいる。資格取得のクラスにいながら、製図の計算もまだまだあやしい。課題の提出はだれより遅れ、気づけば後輩さんもみんなお免状を手にしている。子どものころから、なんでもひとより三年遅い。先生が、気ながに待ってくださるので、申し訳ない。

編みものじたいは、小学生のころから好きで、毎日毛糸にさわらないと、安心しない。出かけるときも、竹の針と毛糸玉をひとつ持って出て、編む。それで、町なかのベンチや、長居のできる喫茶店にくわしくなった。

手を動かしつつ窓を見ると、葉っぱを落としたいちょうの枝ぶりが、きれい。あんな編みこみ模様もいいなあと見とれる。そんなことだから、なかなか課題が終わらない。

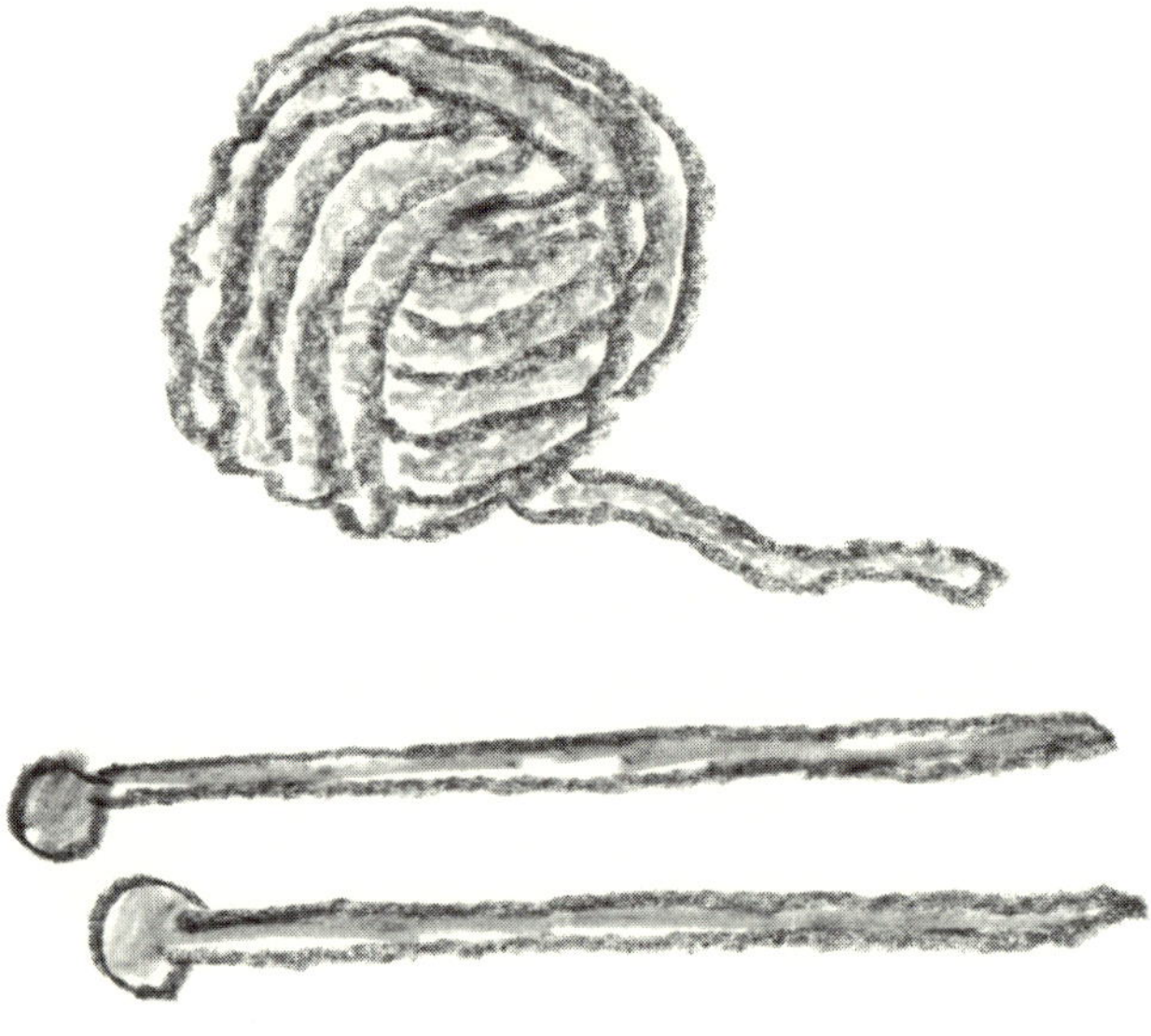

もう、やめようかな。

いちど、母にいったことがある。母はいまでも、ちいさな洋裁教室の先生をつづけている。

……毎日ちょっとずつ編んでいれば、いつかできあがるから。びりでいいから、なんとなくつづけていれば、いいんでないの。

採寸し、肩まわり、袖丈のぴったりあったセーターの、動きよさ。モヘア、カシミア、いろんな素材の糸に触れる楽しみ。長く通ううち、知らず覚えていることもあり、それもそうねとつづけている。

もっと器用だったら、こんなに編みつづけていなかったかもしれない。

思えばそれは、仕事にしてもおなじだった。

セーターも本も、毎日ちょっとずつ手を動かしたさきにある。完成すると、それまでのしんどさを忘れる。

不器用も、芸のうち。

このごろは、ずうずうしく、開きなおっている。

だるま銀行

……あなたの貯金、もうすぐ満期になりますよ。

そんな電話は、かかってこない。通帳もカードもないけど、ちゃりんちゃりんと増えている。

おととしの春、群馬の湯めぐりをした。草津、沢渡、四万温泉は、若山牧水ゆかりの宿だった。

普通列車の旅のたのしみは、駅弁。高崎なら、名物ふたつ。鶏めし弁当と、だるま弁当だった。

行きは鶏めし、帰りはだるまにした。まっかなプラスチックのお弁当箱をひらく。茶めしに、山菜、しいたけ、鶏肉、こんにゃく、栗。上州名物が、びっしりのっている。

お弁当箱の、だるまさんの口が、すこーしあいていて、食べ終わると貯金箱になる。旅のみやげに持ち帰って、祖父母の写真のとなりにおいた。貯まりますように。

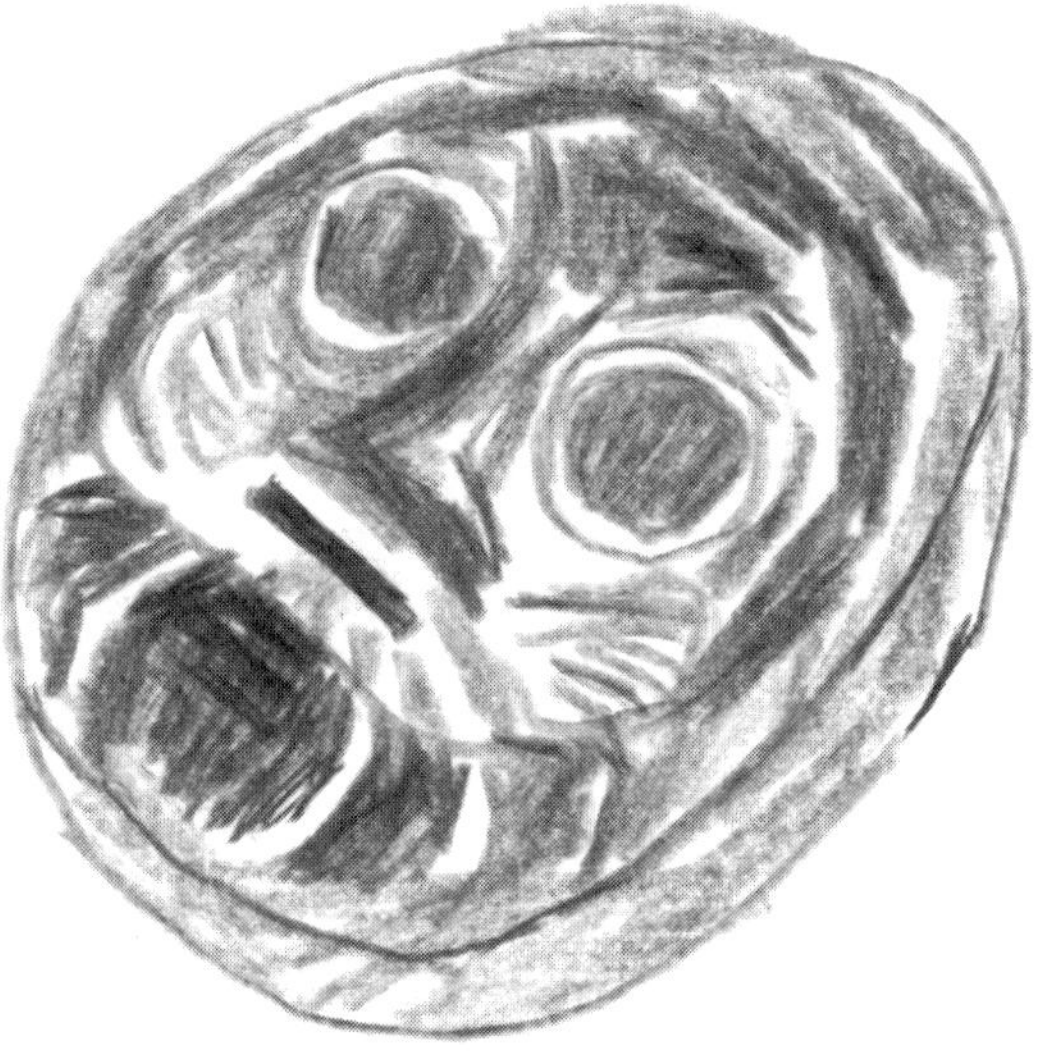

よくよく拝んだ。

いらい、だるま銀行東京支店に、五百円玉を貯めている。

はじめは、なかなか貯まらなかった。お弁当箱なので、ヤクルト代金、町内会費、ふいの入り用に、ついふたをあけるのがいけなかった。

それで、だるまさんの腹を、テープでぐるぐる巻きにした。それからは、毎朝毎夕、ちゃりんちゃりん。財布のなかの五百円玉は、ぜったい使わないで入れること。これも、慣れるまでずいぶんかかった。

このごろ、口をのぞくとお金が見えてきた。

生まれてはじめて、貯金箱がいっぱいになる。うれしい、にやり。きっと時代劇の、けちんぼ婆さんみたいな顔をしている。

お弁当箱のだるまさんは、お金の重みで自力で立つようになった。

よろしゅうお頼みいたします。五百円玉を押しこむと、ゆらり、ちゃりん。

あけたら、いくらぐらいあるのかなあ。

めでたい満願は、群馬の湯めぐりふたたびと決めている。

雛月間

弥生もなかば、雛の宴は、ますますめでたくつづいている。

両親の住む東北の港町は、お節句はいまも旧暦で祝う。おひなさまは立春に飾り、新暦四月の三日まで、ゆっくりしていただく。

東京のおんぼろアパートでも、毎年おなじように、ちいさな土人形のおひなさまにお出ましいただく。

ひとり暮らしをはじめた春、お寺さんの骨董市でいただいたご縁だった。きゅうくつな長屋住まいにも、たびかさなる引越しにも、文句ひとつおっしゃらず、割れ欠けもせず、かわいらしくならんでくださる。

せめてもの御礼に、お花とお菓子は欠かさず、しろざけは飲み放題にしている。日本酒は、ノンアルコールのあまざけも、強烈などぶろくもある。ワイン、パイチュウ、マッコリ、アブサン。世界のしろざけも、そろえておく。

新暦と旧暦の三月三日は、本祭禮として、友人を呼ぶ。

はまぐりのお椀と、かんたんなちらし寿司。

お客さまのお持たせの、いちごのケーキをならべて歌う。

あかりをつけましょ、ぼんぼりに。ぼんぼりがないので、ケーキにろうそくをさし、灯をともす。

歌い終え、おめでとうございまーす。ふーっと吹き消し、拍手する。

なにがめでたいのか、わからなくなってしまうのも、毎年恒例。お内裏さまもおひなさまも、よくわかりませんというお顔で、ならんでいらっしゃる。

……ことしも、無事に歌えて、よかったねえ。

ぺろんぺろんの友だちは、歌にも一生ものがあるもんだよねえ。目をほそくして、うなずく。

酔っぱらうと、いいことをいうひと。

りんごの光

りんごは、毎日食べるので、青果店のおくさんのおすすめを、箱で買っている。いまは、青森のふじと王林が、半分ずつ詰めてある。深紅のふじは、蜜がたくさん入っている。きいろい王林は、酸味さわやか、香り高い。

毎日かわりばんこに食べてきて、けさはさいごのひとつとなった。りっぱな実も、このところの乾燥で、皮がすこし、しなびた。かじると、水気が抜けたぶん、香りと甘みが増していた。

いちょう切りにして、小鍋にいれ、レモンをしぼる。喫茶店で使わず持ち帰った角砂糖をひとつ。そのまま、ラジオ体操をして、洗濯をした。そうして、鍋をのぞくと、砂糖は溶けている。

とろ火にかけると、りんごの湯気は、あたたかく部屋にまざった。小一時間でとろんと煮えて、目をほそめる。シナモンをいれようかと迷い、あんまりきれいで、やめる。

紅茶をいれて、焼いたパンのうえに、煮えたりんごをたっぷりのせた。

あーんと、かじる。

あたたかなりんごは、朝の胃をつつむようで、とてもやさしい。

青森三戸の、りんご畑を訪ねたことがある。

……台風の来るまえに収穫して、追熟させれば、収穫量はあがる。だけど、りんごはやっぱり、まっかになって収穫したほうが、おいしいです。

時を待ち、欲をかかず、実直に。

むかしながらの育てかたを、教えていただいた。

なごりの雪が消えれば、りんごの木にも春がくる。魔王の爪のような枝には、可憐なしろい花が咲く。りんごは、一本の木が抱きとめた光と風を、まぶしくとどめてみのる。

王林ジャムは、大成功。長年、甘く煮るのは紅玉だけと思いこんでいた。

ばんけ

療養中の父を見舞い、帰省した。土手に田んぼに、まだ雪があった。

……それでもお友だちが、ばんけとってきてくれた。もう春だね。

ばんけは、ふきのとうのこと。母は、大鍋に湯をわかしうどんをゆでながら、ばんけを天ぷらにする。

溶いた粉にからめて、油に放つ。かたいつぼみが、みごとに開く不思議。東京そだちの娘は、はぜる油におよび腰、手伝いもおぼつかない。

いただきます。親子三人、食べはじめる。ばんけ味噌も上手にできたから、夜はふろふき大根にしよう。そんなことを話していると、父は、ふいに思いついたようにいう。

……お母さんが倒れたら、おれは、ここにはいられなくなるなあ。

父と母は、ななつちがい。病を得て、耳も遠くなった父は、衣食住、ますます母に頼っている。

お母さんお母さんと追いかけてまわるので、母もつい、わたしはあなたのお母さんでねのよと、いい返したりする。

……ちょっと、失礼。

洗面所にいき、タオルに顔をうずめて泣いた。

父も母も、東京で好き勝手をしている娘には頼らない、頼れないと思っている。とも倒れになれば、じぶんの家にいられなくなる。

さきざき思えば、こころぼそい。その本心が、ぽとりこぼれた。すなおな現実は、きびしく、かなしい。

毎日ペンを持ち、だれかのいること、いたことを書いてきた。けれどもほんとうは、いられなくなるその日までのなんでもない時間に、現代の主題がある。

湊をかんで、顔を洗い、食卓にもどる。父は、まだうどんを食べていた。

……お父さんも、はやく天ぷらが、食べられるようになるといいのにねえ。

母は食べ終え、おっとり声をかける。

春はバスに乗って

表通りのバス停に、一時間に一本、コミュニティー・バスがとまる。いつも横目でながめては、電車に乗っていた。

きょうは、ふたつさきの駅にある、お菓子やさんに用事があった。ぶらぶらいくと、バス停に、おばあさんがいた。

……もうすぐ来るわよ。

ふりむくと、十字路に空いろのバスが見えた。快晴の、バス旅日和。おばあさんにつづいて、百円玉をいれて乗る。

ちいさなバスは、区役所、保健所、病院、図書館、駅、高齢者いきいきセンター。市民生活に欠かせない施設を、くまなくまわる。

いつもならまっすぐ行く道を、みぎに左にまがるうち、桜並木に出た。

きょうの陽気で、ずいぶん開いていた。座席は、道ゆくひととおなじ目の高さ。信号待ちのお母さんと、乳母車の赤ちゃんと目があい、手をふる。

知らないスーパーマーケットや書店が、気になる。道順を、よくよく覚えておく。
天神さまをすぎ、本町一丁目から五丁目を、順にめぐる。この町に住んで、十五年。
となりの駅でも、知らない道は、まだまだあった。
順調にすすんで、運転士さんは、なんどか時間調整をした。
……時刻表、もらえるよ。
おばあさんが、また教えてくれる。カラー地図がついていて、便利だった。
大通りに出ると、お弁当やさんに長い列ができている。コミュニティー・バスは、
快適な速度で、オフィス街の昼休みにまざっていく。
ぐるぐる乗ること、三十分。なぜだか、ふたつめより、みっつめの駅にさきに着
いたのも愉快だった。
三十ある停留所の、二十四番めで降りた。
めあての和菓子やさんの貼り紙は、桜餅あります。

まるとさんかく

早起きして、お弁当を作る。本日快晴。楠の並木のベンチで食べたい。

炊きたてのしろめしを、塩をまぶした手のひらにのせ、梅干しを据える。丸にしようか、はたまた三角。ぽくぽくむすべば思い出し、笑ってしまった。

人生初の赤点は、小学一年生の算数だった。

テストの問題は、いろんな図形がかいてある。

……このなかから、まるとさんかくをえらんで、かきうつしなさい。

解答欄はそれぞれ、まる、さんかくとある。

まず○と●を見つけ、まるの組に。さんかくは、二等辺三角形と、直角三角形があった。

さて。問題用紙には、まだまだ図形がある。正方形や星、六角形。選ばれなくて、残っちゃって、なんだか、かわいそう。

星は、とげとげが、さんかくみたいだ。こっちは、まるに似てる。けっきょく、

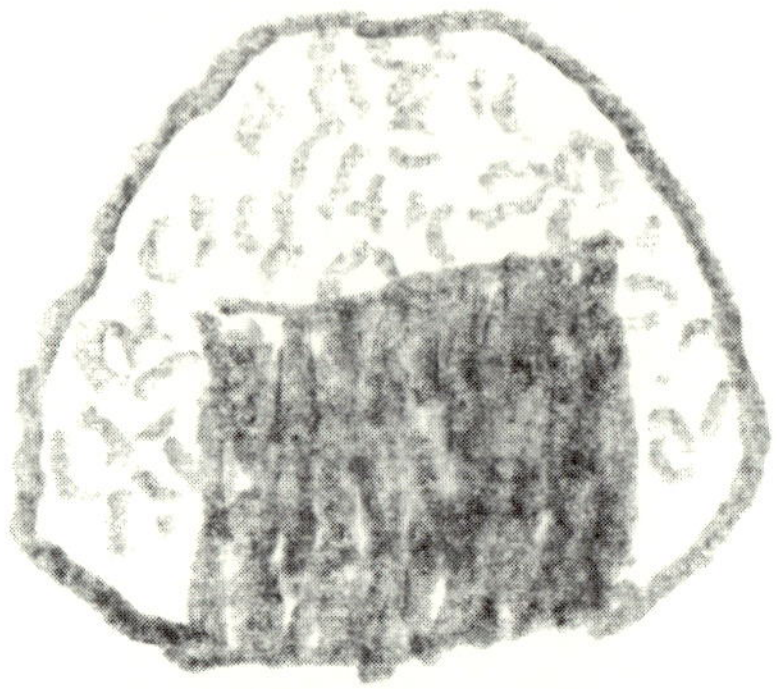

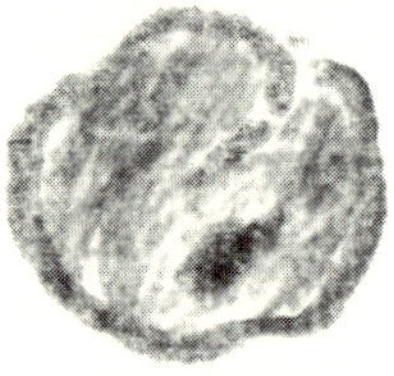

すべての図形を、まるとさんかくの組に、せっせとふりわけた。

そうして、みんないっしょになってよかった。満足いっぱいで出すと、翌日、でっかいバッテンをくらって返された。

赤点の問題用紙は、男の子にからかわれ、母の眉を曇らせた。けれども、ちびすけは、ふくれっつらで、首をひねった。

……なかまはずれはいけませんって、先生はいったけどなあ。

百人のお友だちができるんだとはりきっていた一年生は、のみこめなくて、しょげた。四十余年後の朝、いまもどこか、のみこめなくて、おかしい。

ともあれ、丸と三角、俵もいい。このごろは、おにぎらずという四角のも、人気がある。どんなかたちでも、おむすびはうれしいね、うれしいよ。

いただきます。おおきな口をあけて、かじる。

牛乳ゼリー

ほのぼのと、光のやわらかい日になった。

いちにち家のことをすると決めて、厚手の衣類をしまったり、ふとんカバーをとりかえたり。

つぎつぎどんどん動いていたら、洗濯ものをとりこんだところで、ぱたんと、へたりこんだ。

おやつ食べたい。それより眠たい。

ひとまず、小鍋で牛乳をあたためる。カップに半分そそぎ、のこりには、ゼラチンを溶かす。蕎麦ちょこに入れ、冷めるのを待ちつつ、ホットミルクをすする。あくびがとまらず、長椅子にのびた。

三十分ほど、こうこうと寝て、カア太郎の声で起きた。からすのカア太郎は、天気のいい日だけ、窓辺に遊びにくる。

蕎麦ちょこを冷やし、銭湯にいき、帰るとビールをのみつつ、これまたかんたん

なお菜をならべ、納豆めしでしめる。

皿小鉢を洗ってしまって、夜の八時。お茶をいれ、長椅子にでろんとくつろぎ、晩のおやつとなった。

牛乳ゼリーは、おばあさんが作ってくれた。

おばあさんは、甘みをつけて、缶詰のみかんや、たて半分にしたいちごをのせて、かためていた。冷蔵庫に入っていると、まだかなあとあけたりしめたり、指で押したり、叱られた。

ゼラチンをすくなめにすると、つるり、とろん。冷えあんばいもやさしくなって、春らしい。

きょうは、さとうを入れずにかためた。メイプルシロップをかけると、カクテルのカルーアミルクのようになる。おさけを飲みはじめたころ、よく頼んだ。たくさん飲んで、悪酔いしたなあ。渋谷のカフェ・バーの青暗さ、はじめてのデート。

おばあさんの牛乳ゼリーのおかげで、骨が丈夫に育った。

写真たてのおばあさんは、実家の長椅子で、三毛猫と遊んでいる。

春雨じゃ

駅前の喫茶店で、ぼんやりしている。

おおきな窓のむこうは、スクランブル交差点。地下鉄の出口からひとがあふれ、信号が青になると、いっせいに散らばる。

天気予報は、午後から回復。いまはまだ霧雨で、女のひとはみんな傘をさす。男のひとは、老いも若きもほとんどささず、駆け足で渡っていく。

かばんや新聞を頭にのっけるひと、上着のフードをかぶるひと。群像の輪郭が、春の雨に、淡くやわらかく溶けていく。

……春雨じゃ、濡れていこう。

ご存じ月形半平太の名セリフを、おじさんに、おじいさんに、青年たちにかさねてみれば、どのひともすんなり決まる。

スーツ、トレンチコート、ジーンズ。地味な色あいで、ポケットに手をつっこみ、首をすくめて立ち去るすがたは、モノクロ映画の、小粋なパリジャンのようだった。

ご当人たちは、ただめんどうだからささない。そういう無防備なところも、また魅力的だった。

思い返せば、小学校の行き帰りから、男の子たちは傘をもてあましていた。わざとおちょこにしてみたり、よその家のざくろの実をつついてみたり、ちゃんばら決闘をしたり、とつぜん王選手に変身して、一本足打法でふりまわしたりした。

なつかしい同級生を思い出していると、集団登校の子どもたちが、渡っていく。交通安全のカバーをつけたランドセルは、一年生。

あたらしい長靴、きいろい傘のあの子も、これからいろんな遊びやいたずらを覚えていく。

お兄さんお姉さんを追いかけていくちいさな背を、たのもしく見送る。

毎朝煮干

帰省すると、商店街散歩を楽しみにしている。

お茶やさんで、ほうじ茶。お菓子やさんで、山吹まんじゅう。乾物やさんでは、ひじきとあらめ。そうして、さいごに鮮魚店に寄る。

元気のいい奥さんと、おとなしい熊さんみたいな旦那さんが、みごとな地魚をならべている。

おさしみと、炭火で焼く口細がれいや銀だらをお願いすると、焼けるまで、近くのそばやでむかしながらの中華そばを食べ、老舗のクラシック喫茶に寄る。

母とおない年のすてきなマダムは、一年のうち、元旦しかお休みしない。コーヒー一杯ぶんおしゃべりしたら、鮮魚店にもどる。そんな道順になっている。

あるとき、いつもどおりに魚を包んでもらうと、おおきな鍋に、かぼちゃがほこほこ煮えていた。

……煮干たっぷりで煮たから、おいしいですよ。

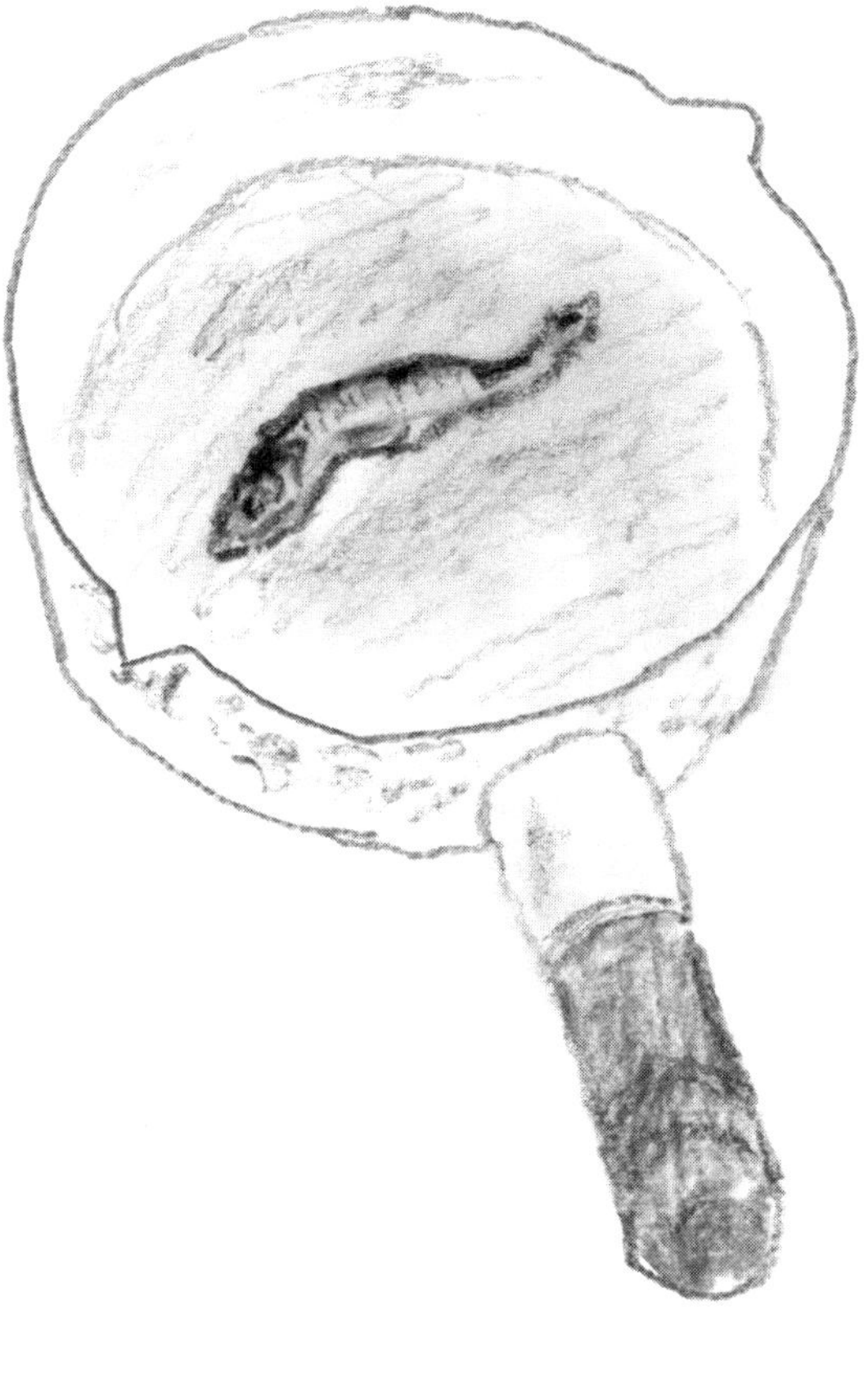

よそんちの、かぼちゃの煮もの。興味しんしんで買って帰り、こっくり濃厚なだしに惚れこんだ。いらい、煮干も欠かさず買うようになった。

めざしの子分くらいのおおきな煮干で、身も厚い。頭とはらわたをとって、冷凍庫に保存しておく。

ひとりぶんの味噌汁には、煮干一尾でじゅうぶん。朝起きて、小鍋に水をはり、いれておく。弱火で煮たて、五分ほどして、味噌をとく。

けさは、キャベツと新玉ねぎの味噌汁だった。

ひとくちすすって、しみじみすみずみ、しみわたる。

……うーん、おいしい。

かならず声が出る。

最後に、やわらかくなった煮干をかじる。栄養が満ち、あたらしい今日に立つ力が湧いてくる。

パンとごはんは日がわりでも、煮干の味噌汁は毎朝飲みたい。毎日うなるほどおいしいものは、あんがいすくない。

おとなとこども

ぼんやりしたこどもだった。朝いちばんに叱られて、昼にはまたおんなじことして、叱られた。

幼稚園のころ、うちに遊びにきていたお友だちと、お人形のとりあいになった。こっちは栗いろの髪を、あっちはすらりとした脚をひっぱり、気の強いお友だちが、ぐいと勝ちとった。

悔しくて、つい、くちからきいきい声がとび出した。

……いじわる。あんたなんか、死んじゃえ。

となりの部屋の、ミシンがやんだ。

仕立ての仕事をしていた母が、すっとんできた。糸くずだらけで仁王立ちになると、いま死ねっていったねときく。

こわごわうなずくと、母は身をかがめ、ぐいと顔を近づける。

まんまるの、おおきい、おっかない目玉。両肩を、がっちり押さえられる。鼻つきあわせ、からだを揺すられ、腹からの大声を浴びた。

……あのね、死ぬっていうのは、とっても大変なことなんだよ。だから、ひとに死ねなんていったら、だめなの。ぜったいに、いっちゃいけないんだよ。

わかったね。にらまれ、半べそでうなずいた。

となりで、やっぱり半べそになっているお友だちが、お人形どうぞと返してくれた。仲よく遊びなさいね。母はいいおき、部屋を出て、またいそがしいミシンの音がはじまった。

善にも悪にも、いろんな考えがあってよい。そういう世となり、こどもに生き死にの尊さを教えるときさえ、あれこれ迷う。もうすぐ五十になるというのに、まっすぐ叱れず、なさけない。

ぼんやりしたこどもも、よっぽど懲りて、二度といわないことにした。

理屈ぬきに、のみこんだ。おとなとこども、五分と五分で教わった。

こどもは、おとなの全身全霊を、ちゃんと畏れる。

貼り紙

抜けられます。

ほこりっぽい貼り紙のある路地をぬけていくと、暗がりに、ちらちら灯りが揺れている。

めしの店
おむすび、お茶漬け
藍染めのちいさなのれんに、酔った小腹が誘われる。がたがたのガラス戸をひっぱると、きものに割烹着のおばあさんが、頬づえをついている。

……いらっしゃい、どうも、おつかれさま。

待ちくたびれたようにそういうと、流しに立つ。

おむすび、お茶漬けは、梅、鮭、海苔、昆布。あとは漬けものと、ビール、お酒きり。これであきないがなりたつのだから、たいしたものだった。

お茶漬け、なんにしよう。

お茶漬

迷うと、梅にしたら。からだにいいから。さっさといわれた。

明るいうちは、店のまえにひとけはないし、のれんもはずれているし、ぼんやり通りすぎる。夜ふかしした晩だけ気がついて、ふらふらとはいる。いつもしんとして、夢のなかにいるように食べる。質素な、庶民の竜宮みたいだった。

お茶漬けさらさらの翌朝は、胃腸がすこぶるよく動く。日が暮れれば、よく飲みよく酔い、また夜の底のめしやのお世話になるのだった。

昨秋の終電がえり、いつもどおりに路地をぬけようとしたら、トタン板でふさがれている。

もしかしたら。酔いもさめ、大通りからまわりこんでみると、やはりこちらもふさいであった。

ながいあいだ、ありがとうございました。

貼り紙のかな文字で、お店と、おばあさんのお名まえを、はじめて知った。

それから路地はふさがれたまま、ずっと大工事をしていた。けさ通ったら、高層マンションの完成式をしていた。夢のめしやは消え、路地にはドアがついた。

やっと、ぬけられる。

近づくと、居住者専用と貼り紙がある。

オムライス賛江

大好物のオムライス。

いつでもどこでも、インフルエンザでも食べたかった。町に出ると、店さきをのぞいてまわる。喫茶店、洋食店。天津飯の応用なのか、中華やさんのメニューにも、よく見つける。ご当地グルメのような個性はいらず、日本じゅうにあり、いつでもどこでもおいしい。すばらしい。

しいていうなら、ふわとろオムレツが割れているのより、薄焼き卵でむっちりくるんであるほうがうれしい。デミグラスソースより、ケチャップ。とり肉や、ベーコン、ソーセージ入りなら、なおうれしい。

おおきい匙をにぎる。それよりでっかいくちをあけ、どんどん食べる。ふだんの倍もごはんが食べられるのは、ひとえにケチャップの魔力。

幼稚園のころは、やせっぽちで、食べおわるのもいつもびりで、お弁当の時間がこわかった。

母も、考えたもの。お弁当箱いっぱいに、オムライスを詰めてくれた。うれしくって、おいしくって、ふたにくっついたケチャップもなめた。

友だちのいない高校時代は、学生食堂で、ふつかにいちどは食べていた。お昼にも、放課後のおやつにも食べた。厨房のおばちゃんに、顔を見たとたんオムライスねといわれるほど食べた。

新入社員になると、会社の近くの喫茶店に通いつめた。無心無言でかっこみ、会社に駆けもどる。お店のひとの顔も、ふわとろだったか薄焼きだったかも、まるで思い出せない。

焼肉より、栄養ドリンクより、頼りになる。オムライスは、もはや好物を超え、人生の伴走食となった。それなのに、いちども、作ったことがない。

いつもだれかに作ってもらう。心細いとき、励ましてもらう。

そうして、きょうも新緑の町をながめ、待つのもうれしいオムライス。

日日手ぬぐい

戸じまり、よーし。

火のもと、よーし。

それから、買いものかごをのぞく。サイフとケータイ、テヌグイチリガミ。忘れものなーしで、階段をおりる。

山のぼりをするようになって、ハンカチが手ぬぐいにかわった。

湧き水で、ばしゃばしゃ顔を洗って拭く。山頂の鎖場にさしかかると、頭に巻いて気合いを入れる。めでたく下山した温泉では、ごしごし背をこする。

リュックサックにくくりつけ、ひらひらさせておけば、すぐかわく。町でも、毎日使っては洗う。無精ものには、アイロンいらずもありがたい。

使うようになると、なぜか集まってくる。

酒蔵のお年賀、なじみのお店の十周年、鎮守の杜の御祭礼、酒場でとなりあわせた芸者さんの、お名まえ入り。絵描きさんの展覧会グッズ。

骨折した知人の、快気祝いもある。ヤクルトスワローズのもあって、神宮球場の応援専用にしている。手ぬぐいの縁は、ひとの縁。ひろげるたびに、ありがたい。

いちばん便利なのは食事のときで、手ぬぐいのはしを襟もとに入れ、べろんとまえに垂らすと、ひざまで隠れる。

これなら、しろいシャツを着ていても、カレーライスもナポリタンも、安心して食べられる。絵がたてにかいているものを選ぶと、おもしろい。

先日、見つけたのは、京都の天才絵師、伊藤若冲の白象のうつし。

噺家さんのように神妙にひろげて、べろーんと垂らす。顔よりでっかいしろい象が、あらわれる。

さしむかいのひとが、ぎょっとする。それがおもしろい。

早寝の晩に

冷房がはじまると、かならず風邪をひく。ことに、電車にながく乗った日が、あぶない。帰るなり、風呂に入る。つかりながら、首のつけ根に蒸しタオルをあてる。おおきな骨のあたりに、風邪封じのつぼがあると教わった。そうして、あたたまって出たつもりが、なんだかまだおかしい。

きょうの電車は、ひときわ寒かった。眉根をよせ、ぎゅうと目をつむり、イヤホンをつっこむおとなたち。ゲームやメッセージのやりとりに没頭し、必死に心身を守る子どもたち。みんなで無言のおしくらまんじゅうをしてホームに降り、声を消したまま、ぎくしゃくと帰ってきた。

出かけた日は、夕食もかんたんにして、早寝する。めしの炊けるあいだに、お椀をつくる。いもが煮えて、味噌をとくまえに、お玉に半分、酒粕を入れた。

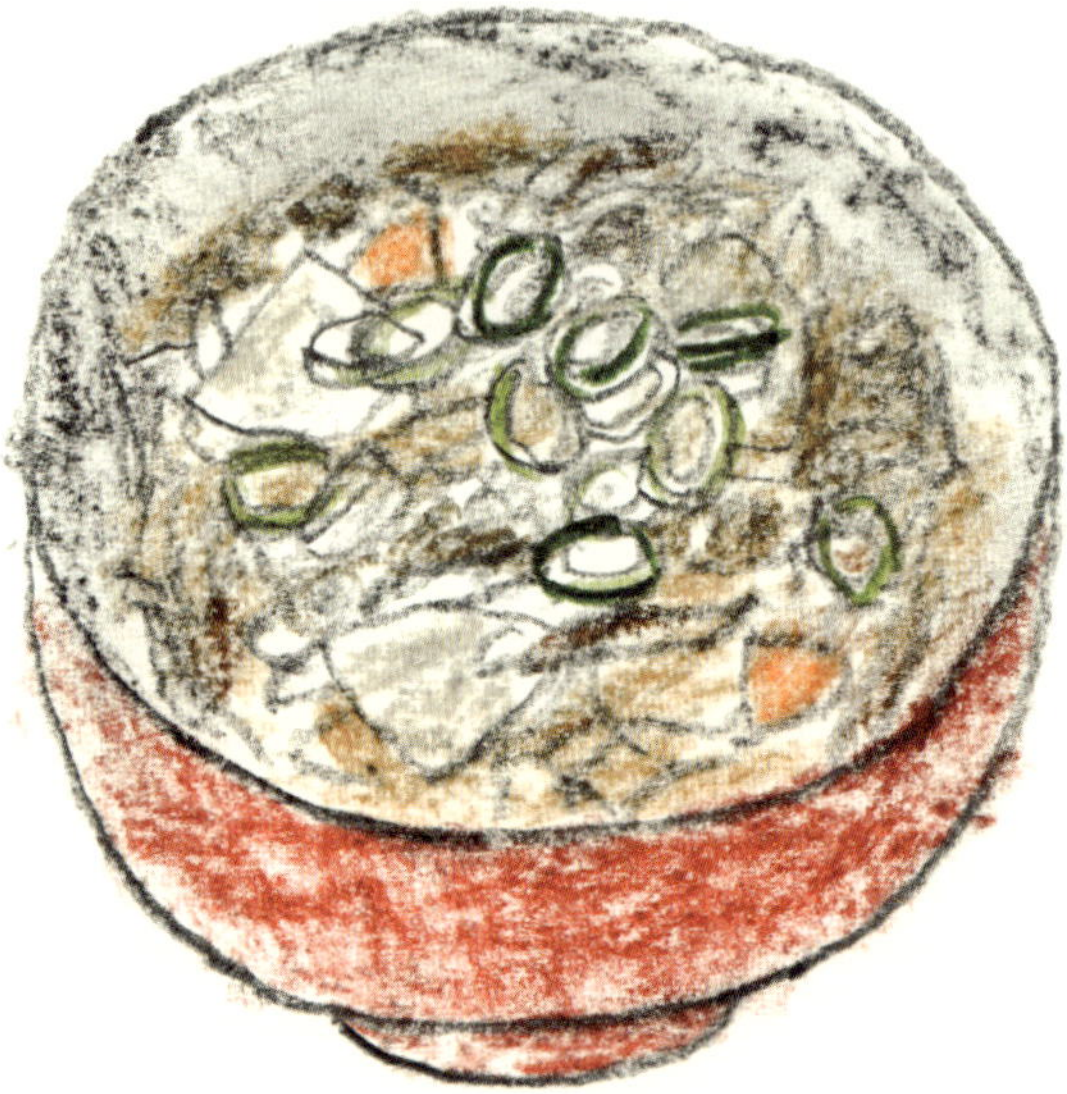

粕汁は、冬の季題。けれど、冷房病に、いちばん効く。かんたんな味噌汁でも、酒粕をたすと、骨の髄までぬくまり、らくになって、ゆっくり眠れる。

実家のあたりは、筍の粕汁が初夏のたのしみで、もうそ汁と呼ぶ。

掘りたての孟宗竹を、おおきな鍋でぐつぐつ煮て、味噌と酒粕を入れる。

縁戚の蔵からいただく酒粕は、白味噌のようにやわらかいので、すり鉢を使うことなく、すぐ溶ける。酒のみなので、たっぷり、どろっとしあげる。

具だくさんの豚汁にいれれば、栄養満点。かぼちゃだけというのも、ぽったり甘くて、くたびれ、かたくなったほっぺたも、ほどける。

しろめし、お椀、つけもの、納豆。

鼻のあたまに汗をかき、粕汁を飲みほす。

食べたいものを、食べました。

うなずいて、手をあわせる。

日記より

六月四日、月曜日。本日、五十路に入る。

書きもの、そうじ、洗たく、ラジオ体操。八時、駅前の神社に参詣。万事無事と、健康を祈願する。

喫茶店のモーニングセット、ぜいたくする。トースト、ゆでたまご、コーヒー。朝刊を読み、誕生日恒例の歯科検診へ。

ムシバの日生まれ、ムシバがないのだけが自慢なのに、おくのほうに、歯ブラシの届いていないところがあった。歯周病にならぬよう、みがきかたをもういちど習い、しあげにフッ素を塗ってもらう。

……三十分は、飲食は禁止ですよ。

先生がおっしゃったとたんに、ごうごうと腹が鳴って、笑われる。

お会計のとき、歯ブラシ一ダース購入。これも毎年のこと。紅白オレンジ、青、みどり、きいろ。いろんな色を選び、誕生日プレゼントとする。

三十分、のみくいから頭を遠ざけるため、もくもくと散歩。歩くあいだも、腹は鳴る。昼なに食べる、どこで食べる。脳みそはずいぶん思いつめたけど、けっきょく決められず、アパートにもどる。

冷蔵庫をのぞいて、お好み焼きを作る。

ありったけの野菜をきざみ、卵と粉とまぜ、弱火でじっくり焼く。

まるくて、でっかくて、じゅうじゅうふくらんでくる。ひっくり返して、しあげはソースの香り。おめでたくなってきた。

マヨネーズで、50と書く。よし。おもわず、声が出る。青のり、紅しょうが、かつおぶしどっさり。昼なので、ノンアルコールビールをあけた。

日がかたむき、洗たくものをとりこみ、銭湯。

風呂あがり、どこで飲もうかと歩きつつ、実家に電話する。

おかげさまで、五十になりました。

……ああ、そうだね。おめでとうさん。

ことしも、父と母の声をきく。

雨中見舞い

雨ふりつづきの午後、神保町の古書店街にでかけた。いつもは混みあう大通りも、梅雨どきはすいている。棚のまえに立ち、じっくりながめる。雨音と、紙の静寂。本の森をめぐり、息が深くなる。

友人の中也さんは、信号まえの老舗の古書店で番頭さんをしていた。あるとき、庭からあじさいの株を持ってきて、靖国通りの植えこみに、かってに咲かせた。昼休みに肥料をやり、枝を切る。あじさいは、剪定がやっかいなんだという。中也さんの丹精にこたえ、車の多さにも負けず、あじさいは、もりもり育った。あおい雲のようなおおきな花をたくさんつけ、信号を待つひとを楽しませる。しだいに町内の梅雨どきの名所のようになり、写真を撮るひともいた。

役場のひとに、いけませんねといわれても、こんなにきれいに咲くのだからと頼みこみ、そのままにしていたのだった。

それから、二十年ほどたって、還暦をすぎた中也さんは、勤めをやめることに決めた。

長年通った神保町は、ときおり来る町になる。

いっぽう、おおきなあおいあじさいは、そのまま残った。

まめに手入れをするひとがいなくなり、花は年ごとにちいさく、色もあせる。

ことしの、桜のころ。とうとう、役場から、撤去を通達されたときいた。

そうして、また梅雨がきた。

どうなったかしら。

あじさいは、おなじところにあるものの、花のむきが、なんだかちがう。見れば、特大の植木鉢に、どんと植えてあった。

花はまだちいさいけれど、あおさはもどっている。無事でよかった。

ことしもここで、ちゃんと咲きました。

携帯電話で写真をとり、療養中の中也さんに送る。

パスワード

目がさめると、すぐに携帯電話をひらく。四桁の暗証番号をきかれて、押す。それから町に出て、銀行にいく。ＡＴＭにカードをいれて、さっきとはちがう四桁を押す。

……暗証番号は、定期的に変更することをおすすめします。

機械にいわれて、父の誕生日にかえようか。

昭和ヒトケタの誕生日は、三桁。母は正月生まれで、あまりにわかりやすい。だめだなあと、あきらめた。

アパートに帰って、こんどはパソコンをひらく。これは、英文字と数字を組みあわせた複雑なパスワードにしてある。メール一通、届いている。添付ファイルを見るには、以下のパスワードを使えとある。

さらに、スポーツジムのホームページにいくと、また専用のパスワードがあり、メールアドレスも申告しなくてはいけない。

玉ねぎをむきつづけるように、暗号を入力するうち、そもそも用事はなんだったのか、あやしくなる。

パスワードに守られる日々は、不要な厚着みたいに、きゅうくつ。底のない井戸をのぞきこむような、こころぼそさも残る。

文字と数字をならべて、秘密に鍵をかける。あんまり厳重にかくして、鍵のありかはどんどん遠くなる。玉ねぎをむくのに夢中になっているわきを、だれかのため息が、無言が、うつむく首すじが、かすかな泣き声が、すりぬける。

そうしてけさも、暗い画面に、みじかいつぶやきだけが残されていた。

生きるのが、つらい。

さびしい、死にたい。

コンピューターで、スマートフォンで、世界じゅうで知ることができたことば。

世界じゅうが見のがし、手遅れになった。

いちばん大切な本心なのに、パスワードは守らない。

底なしの井戸に、ひとのこころが沈んでいく。

はんぱもの

梅雨の晴れま、器のころもがえをする。

食器棚の皿小鉢をすべて机にならべて、棚を拭き清める。かわくのを待ちながら、ぽってりした陶器のめし碗や、大鉢、菓子皿を薄紙でくるむ。

それから椅子にのって、吊り戸棚をあける。夏と書かれた箱を出す。

瀬戸や有田の、潔い染めつけ。ガラスの素麺鉢と蕎麦ちょこも出したので、きょうの昼は、素麺開きとなる。

おなじ箱に、くるんだ器を詰める。箱の反対側には冬と書いてあり、そちらを見せて、しまう。

生活用品はすっかりそろっているのに、器のお店は、いつも足をとめる。はんぱもののワゴンがあると、ますます長居をしてしまう。

ひとりものは、五客そろいの上等品には、縁がない。小皿一枚、箸置きひとつ。お買得のはんぱものが、ちょうどいい。

夏

ふしぎなもので、たいていの器は、どこで買ったか覚えている。デパートの大はんぱもの市、下町の商店街。旅さきで、窯元を訪ねたときのものもある。

割れものは送るのがこわいので、よいせよいせと持ち帰る。その苦労も、季節のおかずをのせれば、忘れてしまう。

おっとりした山のかたちと、ゆたかな森。川の流れをききながら、あれこれ迷った時間を思い出す。旅みやげのおたのしみは、ずっと続く。

ベランダのゴーヤーが、ちいさな実をつけはじめている。毎年、秋風が吹くまで食べつづけることになる。

ゴーヤーちゃんぷるうには、やっぱり沖縄の焼きもの、やちむんがいい。琉球ガラスのコップも、ぴかぴかに磨く。水あめのようにとろんと澄んで、夕方のビールが待ちどおしい。

さっぱりした食器棚にならべていく。

窓辺の風鈴は、ちりりりん。

だっこくん

朝食をすませて、窓辺で待つ。

そろそろ来るぞ。四階から往来をのぞいていると、きょうも、背の高い、ながい脚の男のひとが、すたすたとやってきた。

男のひとは、ななめむかいの公園で、立ちどまり、ふりむく。

ほどなく、だっこくんが、しょんぼりくる。ようやく、窓のしたまできて、立ちどまり、地面を見る。あーあ。やっぱりきょうも、泣きだした。

……パパー、だっこ。うえーん、うわーん。だっごじでよー。

公園のとなりには、保育園があり、毎朝かわいらしいこどもたちが、にぎやかに通ってくる。

だっこくんも、そのひとり。あまえんぼうで、保育園が見えてくると、きゅうにさびしくなっちゃう。きまって、うちの窓のしたで、しゃがみこんでしまう。

……ほら、立って。がんばって歩かないと、元気な子になれないぞう。

お父さんが大声で励ますほど、だっこだっごと泣く。

しかたないなあ。お父さんのいうことも、毎朝もうきまっている。

……それじゃあ、ここまで、がんばって。そしたら、だっこしてあげるから。

いわれたとたん、だっこくんは立ちあがり、全力で駆けだす。うわーんと泣きながら、お父さんの脚に、ぴょんとしがみつく。

この感動的瞬間を見とどけるのも、すっかり日課になった。そうして、けさ。笑ってのぞいているうち、気がついた。

お父さんは、いつのまにかうちのまえではなく、すこしさきの公園の門のまえに立つようになっていた。毎日じりじり、気づかれぬよう、だっこくんが走る距離をのばしていたのだった。

あそこから、並木を四本すぎたら、もう保育園。

もうすぐ、夏がくる。それまでに、だっこなしでゴールできるかなあ。

だっこくん、がんばれ。

供花

スーパーマーケットに、いつもより豪華な佛花がならびはじめた。

東京のお盆は、七月。実家の東北は、旧盆八月。ことし新盆のかたは、三人いる。おすがたと声を浮かべ、坂道を帰ってきた。

白菊にトルコききょう、丈の長いグラジオラス、まっかな鶏頭。お盆の花を見ると、ふみこおばさんを思い出す。

八月十三日は、あちこちのお寺さんをまわり、夕方までかかって親類縁者のお墓まいりをする。ふみこおばさんは、うちのおばあさんの妹で、毎年いっしょにおまいりをしていた。

前日から花束、線香、お供えのお菓子やくだものを用意して、早起きをして、車で出かける。

まず、ふみこおばさんの家に迎えにいくと、玄関さきには、可憐な色あいの供花が、おおきなバケツにどーんといれてあるものだった。

ふみこおばさんは、実家の農家から、おおきな商家に嫁いだ。おっとり朗らかなひとも、いろいろずいぶん苦労をしたときいている。本人からそんな話をきくことは、いちどもなかった。

……わたしのお姑さんから、教わったのよの。売っている花束でねくての、じぶんで束ねれっての。束ねながら、亡くなったひとの、いろんなこと思うもんなんだよっての。

ふみこおばさんの供花には、それぞれの枝葉のあいだに、お店で束ねたものにはない、ふっくらとやさしい空間があった。開きかけた小菊のつぼみも、亡きひとを偲んだ沈黙のあらわれに見えた。

ふみこおばさんは、高齢になってもじぶんで花やさんに注文して、手間をいとわず束ねていた。

おとなになって、いけ花の教室にも通ったけれど、ふみこおばさんのような、ふくよかな間をもつ花束は作れない。

花を束ね、こころを束ねる。ことばをもたぬ花に、夏がくるたび教えられる。

VINHO
VERDE

緑のワイン

ヴィーニョは、ワイン。ヴェルデは、緑。

ヴィーニョ・ヴェルデは、ポルトガルの、緑のワイン。

昨夏リスボンに出かけて、毎日飲んで覚えた。緑のワインと呼ぶのは、若摘みのブドウで作るから。よーく冷やして、飲みなさい。ワイン売場のおじさんが、身ぶり手ぶり、情熱的に教えてくれた。

からりと暑かった一日の終わり、きりりと冷やして、でっかいワイングラスに、たっぷりそそぐ。

かすかな泡、さわやかな香り。うすーい緑の気配に、目をこらす。甘さと、アルコール度数は控えめで、すっきりみずみずしい。のどの渇きをいやし、いくら飲んでも悪酔いしない。そのうえ、安い。文句なし。

カステラや金平糖は、ポルトガルから日本に伝わった。お米、タコやタラ、青魚とお豆をたくさん食べるところも、似ている。

焼く、ゆでる、煮こむ。肉も魚も野菜も素朴な味つけで、毎日食べて、まるで飽きなかった。

帰ってからは、ポルトガル料理のお店をさがし、緑のワインの買えるお店を教えてもらった。海辺の食堂とおなじワインも輸入されていて、うれしい。

食堂では、イワシの塩焼き定食を頼んだ。

大皿に、じゃが芋と玉ねぎスライスも山盛りに添えてあり、ゆでたての芋をフォークでつぶし、太ったイワシと玉ねぎとあえ、レモンをしぼって食べる。

たそがれどき、東京の食卓は、枝豆、冷奴に、アジの塩焼き。

さっぱりと大根おろしをのっけて、しょうゆをたらっとかける。

あの食堂のおじさんとおばさんに、食べてほしいなあ。

ポルトガル語の大根がわからず、説明できなかったのが心のこりだった。

夕焼けをながめて、冷えたヴィーニョ・ヴェルデをそそぐ。リスボンの、海辺の光のなかにいる。

夏休み

中学時代は、吹奏楽部でトロンボーンを吹いていた。毎年八月の末にコンクールがあり、夏休みは猛練習の記憶ばかり。

課題曲と自由曲を競うので、連日この二曲だけ吹きつづける。気温はうなぎのぼり、暑さでぼんやりすると、すぐ音にあらわれ、先生の指揮棒がとまる。

いま思い出しても身のちぢむ失敗が、山ほどある。たとえば一年生のときは、出だしの四小節めに独奏があった。

日を追うごとに腰がひけて、四小節めで、かならずつまずく。頭がまっしろになるほどくりかえしても、音がにごる。先輩たちが、つまらなそうな顔で待っていると、ますますかたくなり、そこだけぎくしゃくする。打率三割は、ほど遠い。

そうして逃げ道のみつからないまま、コンクール当日となった。

会場のホールは、想像よりずっと広い。天井から照明が降りそそぎ、まぶしい。ひな壇の席につくと、先生はすぐに指揮棒をあげた。いそいで楽譜を開き、トロ

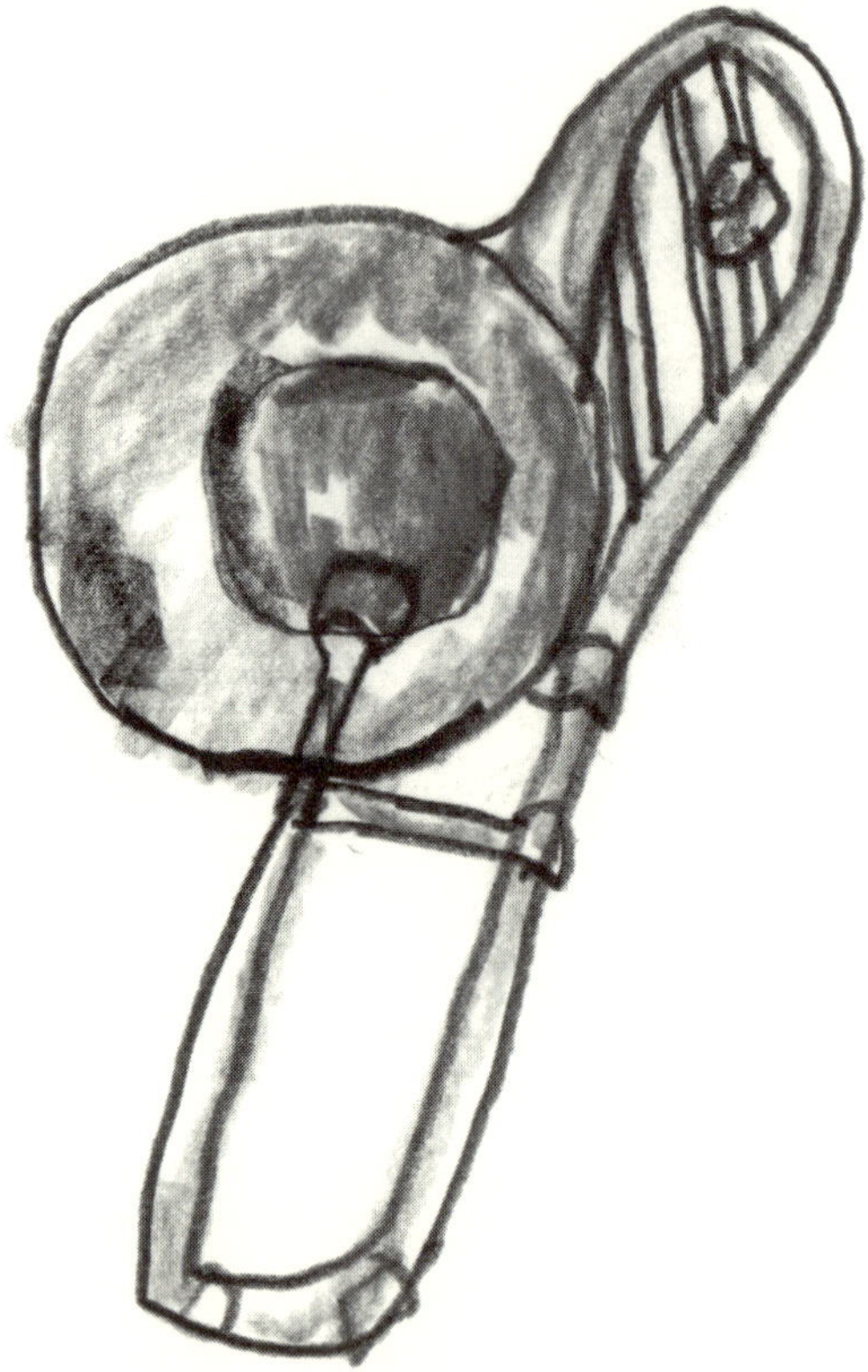

ンボーンをかまえた。

演奏は、あれよあれよとはじまった。客席に、母の顔を見つける。天井が高く、奥行きもあるので、先輩の吹いた音が、遠くの壁にぶつかり、はね返って、いま吹く音とかさなる。だから、体育館で練習したんだなあ。みょうに納得して、よーし。息を深く吸った。

夏じゅう、四小節めのふたつの音だけ練習した。汗も涙も、いっぱい流した。それなのに、一世一代の大事な本番で、思いもよらぬことが起きた。

トロンボーンという楽器には、音を変化させるスライドのつけ根に、落下防止のロックがついている。緊張して、あわてて、はずすのを忘れた。

結果は、金銀銅賞のつぎの努力賞だった。後日、本番の録音をきいたら、スライドの動かなかった四小節めは、みごとにぷっつり無音だった。

三年生の先輩がたは、最後の夏だった。いまもつくづく、申し訳ない。

万能トマトソース

日曜の午後、屋上からバジルをつんできて、トマトソースをつくる。スパゲッティに、ハンバーグや魚のソテー、ピザトーストに、蒸し野菜にかける。ぽんと卵を落としても、シチューやカレーにいれてもいい。

きょうは、スーパーマーケットで安くなっていた完熟トマトひと山を、ぜんぶ煮て、一回ぶんずつ冷凍しておく。

フォークでぶすぶす穴をあけ、つぶしたにんにくも鍋にいれ、ふたをする。弱火であたため、トマトの水分だけでやわらかくしたら、皮とへたをはがし、煮つめていく。

しあげに塩こしょうをして、バジルを好きなだけいれる。オリーブオイルを、ぐるりぐるりまわしかけたら、できあがり。

そのまま冷凍しても、ミキサーでなめらかにしてもいい。トマトが高値の季節は、水煮の缶詰を使う。

暑くて暑くて、ああくたびれたという日には、きんと冷やして素麺にかけると、しゃんとする。

スパゲッティなら、唐辛子やベーコン、粉チーズをたすと、こっくり深まり、ワインによくあう。

冷房にあたりすぎたときは、おろししょうがをいれて、焼き茄子にかける。じんわり汗をかくと、ついビールに手がのびるから、いけない。

いいかげんな分量でつくっても、失敗しないのが、なにより便利。このぐらいかなあと、味をみながら煮つめていく。

イタリアのひとたちにとっては、おみそ汁みたいなものかもしれない。

百人つくれば、百の美味。このごろは、トマトにもいろんな種類があって、つくるたびにちがう味になる。それで、いつでも毎日でも飽きない。

できたては、やっぱりスパゲッティがうれしい。まっかなソースを、たっぷりあえる。夏のおひさまを、たいらげる。

百円の匙

週にいちど、百円均一のお店をのぞく。

買うのは、ふたつまでと決めていて、駄菓子やさんに通いつめた子どものころのように、たのしく迷い、うろうろする。

便利な新商品に感心したり、たりないものを買いたしたり、時間はあっというまにすぎる。

ほしいと思っていたものを見つけたときは、洞窟のおくの宝ものを掘りあてたようにうれしい。

このあいだは、柄の長いお匙を二本。ひとつは、チョコレートパフェに添えるような、さきが小ぶりのもの。もうひとつは、韓国のお匙のスッカラ。こちらは、ひらたくまんまる、おおきい。

どちらもステンレス製で、そっけないかたちがいい。スッカラには、柄に福の一文字が刻まれている。二本ずつ買おうか迷って、やっぱり決まりどおりにした。

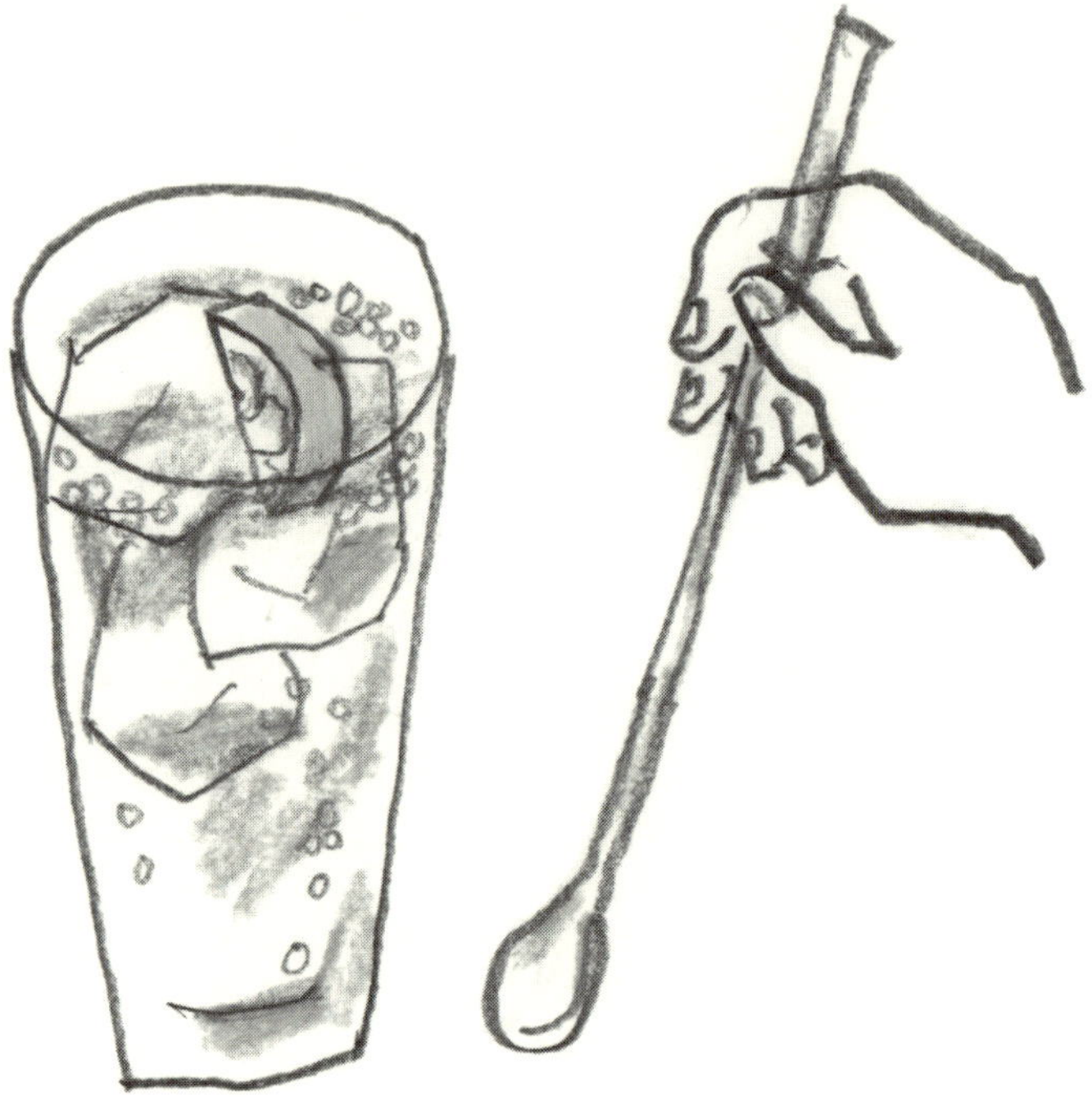

二本のお匙は、その晩から、しまう間もないほど大活躍となった。パフェのほうは、料理の味見や、砂糖や塩をすくったり、いいかげんな配合のレモンサワーをかきまぜたりする。ちいさいお客さんには、くだものとアイスクリームをグラスに盛り、お匙も入れる。みんな、お店みたいだねとお行儀よくすくう。スッカラのほうも、チャーハンやカレーが食べやすいし、卵を割りほぐし、フライパンのなかで、ぐるりとまとめるときに使いやすい。

これは、便利。もっと買っておかなくちゃ。

そうして翌週、買う気まんまんに、まっすぐ棚にむかってみると、ああ残念。どちらも完売で、再入荷の予定もないとのことだった。がっかりしながら、この一期一会のつれなさも、百円ショップの魅力のうちと、のみこんだ。

さて、つぎのご縁はなにかしら。気をとりなおし、棚をめぐる。

夕やけ

夏休みも終盤となった、日曜日の朝。

……今日こそ、特訓だ。

父がいう。いやだなあ。大好物の納豆ごはんも、きゅうにもそもそ、進まない。せかされ、おもてに出ると、父はピンクの自転車のわきにしゃがみ、補助輪をはずしている。ああ、もう逃げられない。

補助なし自転車は、小学一年生の夏休みの目標だった。同級生は、みんな補助なしになっていた。おなじ社宅のまゆみちゃんは、練習は、ころんで血が出て痛かったといった。それをきいて、まだいいよと逃げまわっていたのだった。

家のまえのトクデン公園で、特訓がはじまる。

父は荷台をつかみ、こぎなさいという。ハンドル、ゆらゆら。こわくて、足をおとす。まじめにこぐんだ。叱られる。ぐらぐら進み、横転する。つつじの花壇につっこむ。ひじをすりむく。ひざ小僧から血がにじむ。涙と、鼻水。

……お父さん、ちゃんと持ってるっていったのに、すぐはなすから。

泣いて抗議すると、父も不機嫌になり、特訓はますます厳しくなる。

そのまま昼となり、むっつり親子は社宅にもどり、素麺をすすった。母は、手足にアカチンをつけてくれた。

午後の部になっても、ころんで倒れてつっこんで、傷ばかり増える。日は傾き、からすが鳴く。ひざ小僧のアカチンも、玉虫色ににじんでいる。

きょうは、だめだなあ。父も娘も思った。

それで、最後にするから、もういちど、まえだけ見て、一生懸命こぎなさいといわれた。

ふくれっつらでも、そのとおりにこいだ。そうしたら、ペダルが軽い。まっすぐ、はやく進む。

ブレーキ、ブレーキ。父の声が聞こえて、ふりむいて、また夾竹桃につっこんだ。

アカチンだらけで痛いけど、いま乗れた。やったやった。

療養中だった父が亡くなり、ふた月すぎた。新盆、納骨とあわただしくして東京にもどり、駅前で、ぽっかり夕やけを見あげた。

ふりむいて、蟬の声。お父さんは、いないんだ。

つぎはぎ日和

ジーンズのひざがぱっくり破れて、ミシンをひっぱりだす。

年代もののミシンは、おばあさんが使っていた。直線縫いしかできないけれど、針目はきれいで、故障はいちどもない。

ジーンズを裏に返し、はぎれを貼りつけ、周囲を手縫いする。不器用なので、しつけの手間は欠かせない。

しつけどおりにミシンでたどり、あとはジャガジャガ好きに縫う。返し縫い機能もないから、方向転換のたびにとめ、止め金をゆるめ、布を動かす。

波にしたり、丸でかこんだり。ダガダガ音をたてるうち、陽気になってくる。

糸しまつをしてはいてみると、盛大なつぎはぎで、よしよし。

重たいミシンを出したから、もっとなんか縫おうか。押し入れをのぞくと、しろい布がたたんである。

かれこれ三十年まえ、ひとり暮らしをはじめるときに、おばあさんに縫っても

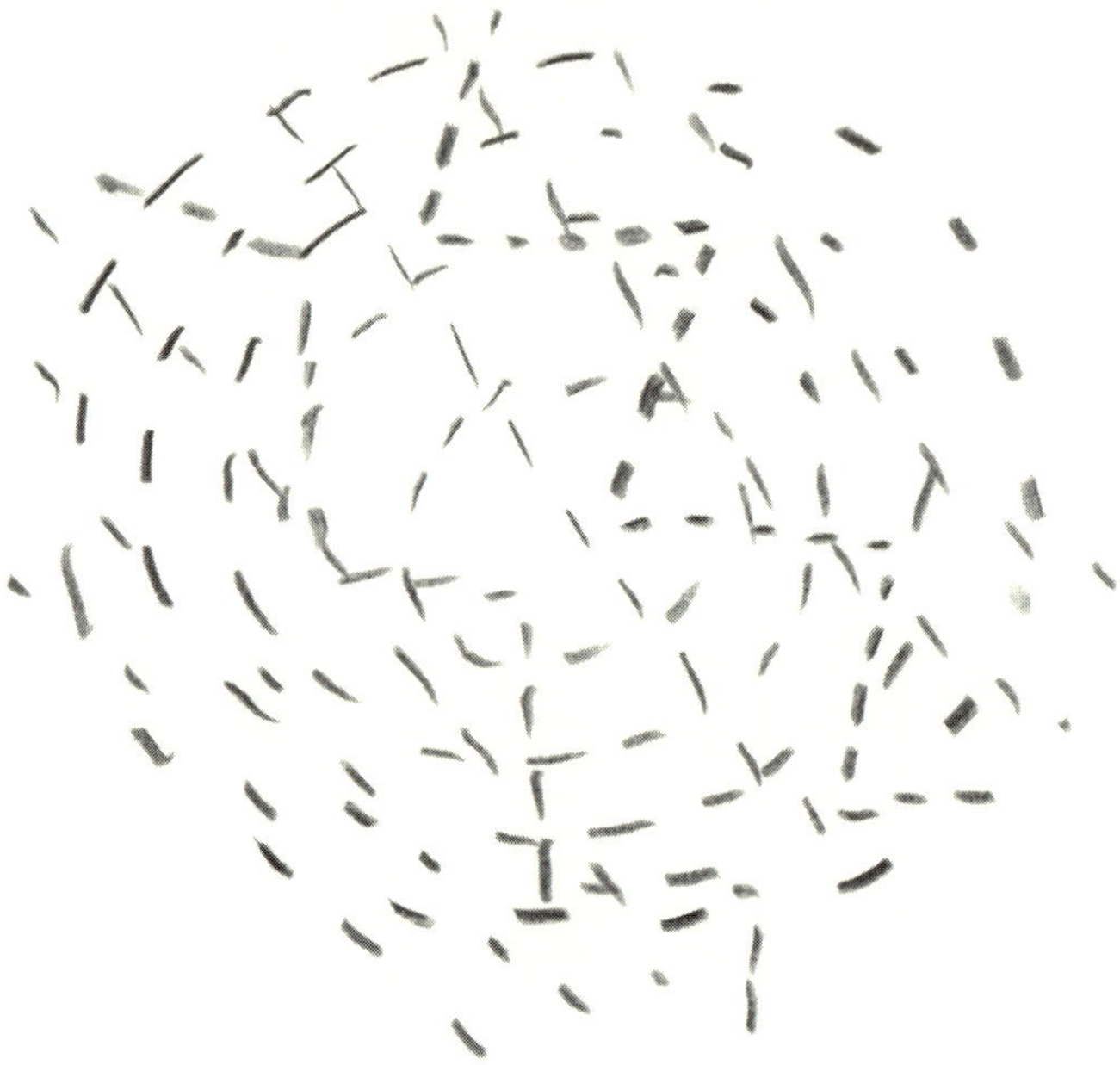

らったカーテンだった。

薄地で、ところどころ裂けている。布の上下にある縫い目は、細かくまっすぐで、おなじミシンを踏んだとは思えない。

おばあさんは、おさけを飲まなかったからね。千鳥足のつぎはぎの、いいわけをする。

これも、つぎはぎしたら、まだ使える。古いハンカチで雲のかたちを切りとり、裂けた穴にのせて、しつけをかける。

雲は、むずかしいぞ。銀の糸をつけて、ゆっくりペダルを踏む。

窓に吊るすころには、夕方。うすいカーテンが、茜色に染まる。へろへろの縫い目ながら、雲の模様に見えなくもない。

……つぎはぎだらけで、いやだこと。きれいなお洋服を着てちょうだい。

いつも小言をいわれていた。

家庭科の宿題の、パジャマやスカート。おばあさんに泣きついたのも、こんな夕方だった。

詩の時間

長椅子のわきに、りんごの木箱がある。きょうの新聞と、雑誌の切りぬき帳。編みものの教科書一式と、読みかけの本が入っている。

引越しが多く、本棚を持たない。りんごの箱からあふれたら、友人か、古書店の知人に渡している。

会社に勤めているころは、詩集や句集、歌集を一冊、かばんに入れていた。ぎゅうぎゅうづめの電車で開くと、ページの余白にほっとする。読むうちいまを忘れ、涙がこぼれる。恋のため息にうっとりしたり、不器用な生きざま、独白に、うなずく。うすい文庫本にたたまれた詩に、ずいぶん助けられていた。それだけ、生きる、暮らすのそばにある文学と思う。

詩は、つる草のように縁をのばす。たとえば、詩人をひとり知る。彼のそばには、親しくことばを交わした詩人たちがいる。ちいさな庭をめぐり、しゃがんで草花の

詩集
一握の砂
石川啄木著

名を覚えたように、しぜんに好きな詩が増えた。

あたらしい詩に出会うと、かならず、うす暗い落合駅のホームを思い出す。母とベンチにすわり、地下鉄を待っていた。

母は、くろい革のハンドバッグをぱちんと開き、ガムと文庫本をとりだす。ガムはいつも、ミント味だった。文庫本はいつも、石川啄木の一握の砂だった。


たはむれに母を背負ひてそのあまり軽きに泣きて三歩あゆまず

……すごいね。ほんとうに、見ているみたいね。

一首ずつ、小声で読むたびに、そういった。

あのころは、おばあさんとはなれて住んでいた。東北から東京に出て暮らし、家計もけっして楽ではなかった。

ひとり娘の母は、歯を食いしばる啄木の暮らしぶり、親を案ずるこころが、よくよくわかったのかもしれない。

だれもいないホームできく声は、しんと静かだった。

好物

どこにも行かない日曜日、クッキーを焼く。

室温のバターに、おさとうをすり混ぜ、粉をふるう。おさとうは、てんさい糖を使う。オリゴ糖入りで、おなかによいとのこと。

うまく焼けたら、おとなりさんと、五階の坊やにも食べてもらいたい。生地は、もったり重たくなる。

泡だて器を握り、力をこめて混ぜていると、背に視線を感じて、ふりかえる。九月の午後、写真たての父は、窓辺の光をながめている。

三度の食事と、十時と三時のおやつは、なにがあっても欠かさない食いしん坊、ことにクッキーが大好きだった。九月なかばの誕生日には、デパートでおいしそうな詰めあわせを探して、届けていた。

お菓子づくりは、高校生のころ熱中した。台所にオーブンが登場し、料理の本を見て、あれこれ焼いた。きょうのクッキーも、そのころ覚えた。

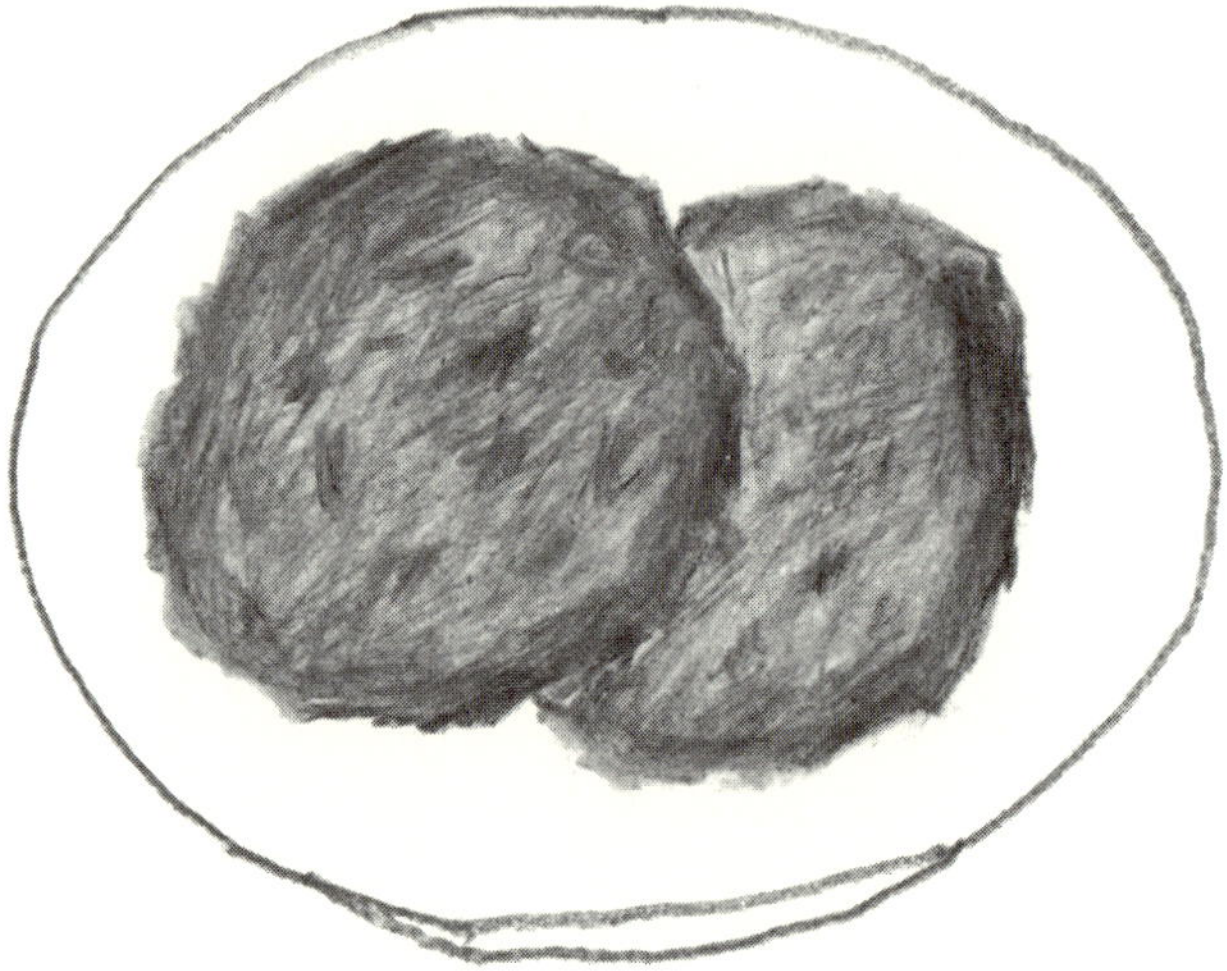

生地がなめらかになったら、ラップでくるみ、棒状にのばし、冷凍庫で寝かせる。このあいだに、オーブンをあたためる。

三十分ほどで取り出し、包丁で一センチ弱の厚さに切り、天板にならべて焼く。うちのオーブンは気が弱くて、本に書いてある時間より、十五分延長して焼くと、ちょうどいい。

バターの香りが流れてくる。コーヒー豆を挽いて、お湯を沸かす。

実家のコーヒー挽きは、昔ながらの手動で、力がいる。ずっと父が挽いてくれていた。母には、電動ミルを買ったほうがいいかもしれない。

チーンと呼ばれて、見にいく。ひとつかじって、もう三分ほど焼いた。

このチーンの音で、父はまっさきに飛んできた。焼けすぎ、焦げかけ、かちかち。化石のようなクッキーも、うまいうまいと食べてくれた。

焼きたて、どうぞ。

写真に供えて、いっしょに窓を見る。

端境のころ

お米が端境のころは、炊きこみごはんが多くなる。

ごぼう、にんじん、さつま芋、根菜の新物が出はじめ、きのこもいろいろ。

おしょうゆ香るかやくごはんは、無限の組みあわせがある。具をひとつにするなら、塩味。いつのまにか、そんな決まりをつくっている。

いずれにしても、水分のすくなくなっている昨年産のお米のほうが、味がしみて、米粒がしゃんとしておいしい。

スペインのパエリア、イタリアのリゾット、すしめしも、新米は使わない。新米は、やっぱり、しろめしがいちばん。

米をとぎ、ざるにあげておく。干し椎茸をもどす。ごぼうとにんじん、あぶらげとこんにゃくをこまかくきざむ。小鍋にすべて入れて、さっと煮て、おさけとおしょうゆ、塩ひとつまみ。

米とあわせ、すくなめに水を入れて炊く。うちの土鍋は、沸騰してから十分ごく

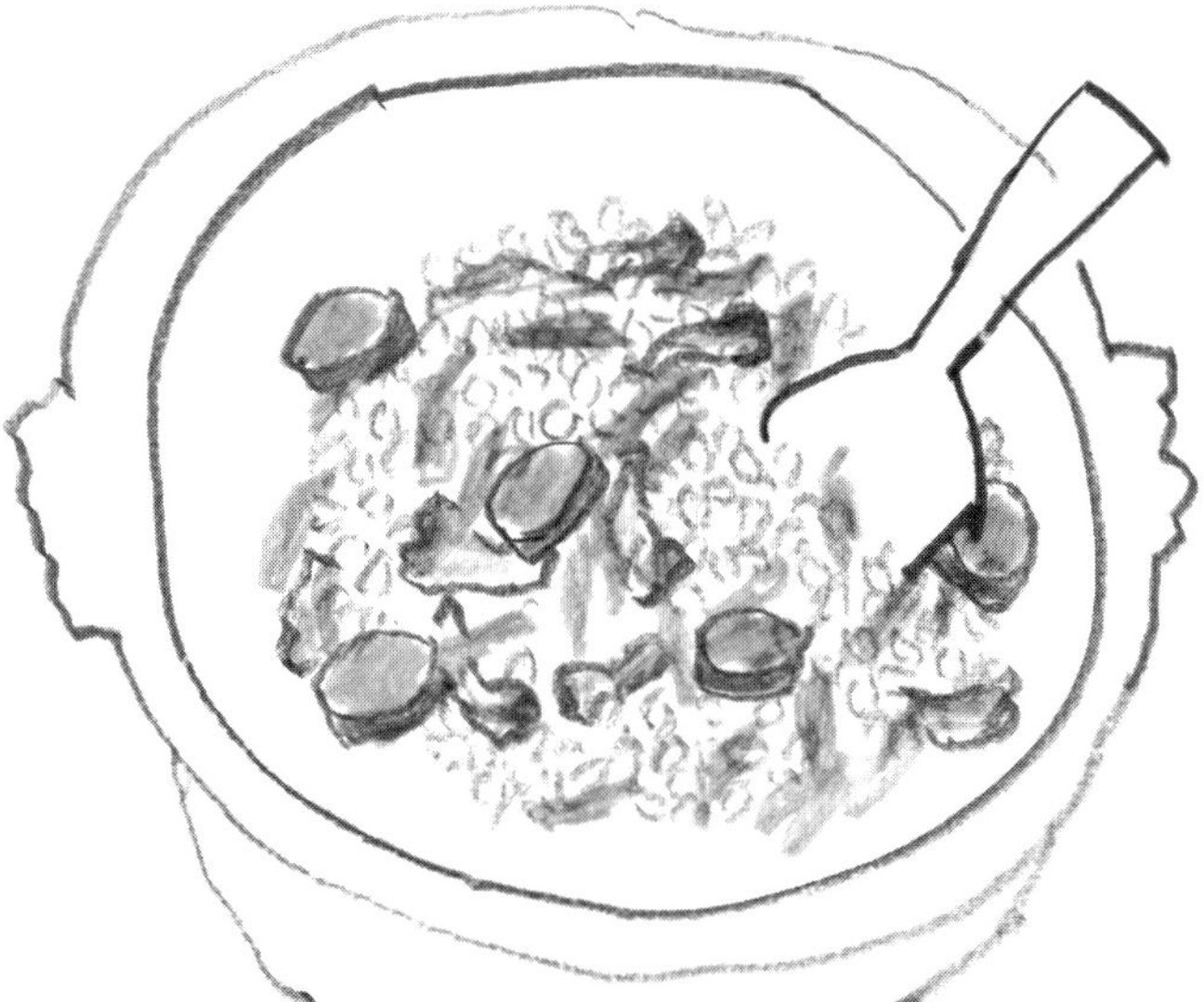

弱火。さいごに一分、ごーっと強火にすると、おいしいおこげができる。火をとめて、十二分蒸らす。

旅さきでは、スーパーマーケットのお弁当売り場をのぞく。炊きこみごはんにもお土地がらがあり、帰ってまねして作るのを、楽しみにしている。

北九州のかやくごはんには、鶏肉が入っていた。沖縄の炊きこみごはんは、豚肉や昆布、よもぎの葉も入っていた。

海にいけば、たこめし、いかめし、豪華な鯛めし、蟹めし。よく作るようになったのは、じゃこめし。

田畑が近いところは、落花生や、むかごのごはん。四国では、みかんの酸味をきかせた、みょうがと菊の花の炊きこみずしが、きれいだった。

炊きこみごはんは、一汁一菜ですませても、眼福、満腹となる。うみやまのいのちを、水と火がとりもち、米に託すからと思う。

こうして、すこしずつ、秋のからだになっていく。

初秋のさんさ

……さんさ、来たわよ。

青果店の奥さんは、会うなり声をかけてくれた。

秋風が吹いてから、お店にいくたび、さんさ、さんさときいていた。

さんさは、早生のりんごで、その名は盛岡のさんさ踊りにちなんでいる。

小ぶりの実はかたく、まるかじりにちょうどいい。うす緑から紅へ、ういういしく染まり、香りと酸味のすがすがしさは、まさに初秋。

東京に出まわるのはごくごくみじかい期間で、食べのがした昨年は、りんごを見るたび、残念だった。

ひと山買い、初物のさんさをひとつ、祖父母と父の写真に供えた。

実家では、毎朝かならずりんごを食べている。

几帳面な父は、毎朝おなじ献立で、じぶんで支度していた。

トースト、コーヒー、蒸し野菜。プレーンヨーグルト。そして、りんご半分。せっ

かくいちごや桃の季節なのにといっても、りんごでなければ気がすまない。夏でもかならず、りんごだった。

その習慣は、両親ふたりの暮らしになってからで、父がどこかで、朝のりんごは金と等価の栄養と覚えてきて、さいごの入院をする朝までつづいた。

家族で東京に住んでいたころは、夕食のあと、テレビを見ながら食べていた。りんごは、農家の親せきから、おおきな木箱で届いて、寒い小屋にしまってあった。母は、テーブルに大皿とボウルを置いて、大きな包丁で皮をむく。皿にのるたび、だれかの手が伸びる。それがえんえんとつづいて、いつもたりなくなって、また小屋にとりにいった。

たくさんの雨風をしのいだことしの、尊いさんさ。

手をあわせ、まるかじりする。

四人なら、五つも六つも、いくらでも食べられたのに、ひとりだと、ひとつで満腹になる。つまらない。

なすび大行進

秋の夕暮れ、飛騨高山の農園から、なすびが届いた。地元の名物朝市で奥さんに出会っていらい、季節の野菜を送ってくださる。

賀茂茄子、米茄子、長茄子、かわいい小茄子とさまざま、ころんころんとざるに盛った。

宇宙の、おくのおくまで泳いでいけば、こんな色に包まれるのかもしれない。つややかな紫に吸いこまれ、見とれる。

煮ても焼いても、そのままでもおいしい。まずは、小茄子のへたをむいて、塩漬けにした。

晩ごはんを食べるまえから、明日の朝ごはんが待ちどおしい。食いしん坊で、せっかち。ますます父に似てきた。

今夜は、おおきな賀茂茄子を網で焼いて、田楽味噌を塗る。お燗のおさけが、こいしい季節になってきた。

明日の昼は、カレーライスに揚げ茄子をのっける。夜はまるごと、煮干しと煮る。味噌汁にするなら、みょうがを散らす。皮をむいて蒸し、しょうが醬油もさっぱりおいしいなあ。これは、あさって食べよう。

そうやって三日連続の秋のなすび大行進を決めると、すぐさま包丁を握る。しなびたら、しのびない。

ちいさいころ、五歳はなれた兄に、ナスコと呼ばれていた。色黒で、しもぶくれ。髪はちょろんとみじかく、なすびのへたを、そのままかぶったみたいだった。

ブスコのナスコとからかわれ、憤慨したものの、いつしか名まえを呼ばれるよりすんなりきこえるようになって、うっかり返事をして、また笑われ、怒った。

そのころの写真を見ると、しもぶくれは、いまとあんまり変わっていない。

野菜はなんでも好きだけど、なすびは特別。

幼なじみのように、はたまた鏡をのぞいたように、なつかしい。

おみやげ

ひとり旅に慣れると、いちばんのたのしみは、喫茶店をさがす。

モーニングセットの豪華な店、迷いつかれてまぎれこんだジャズ喫茶。地元に帰った友人の、ご推薦のカフェ。

あの旅の、あのとき。

記憶をたどるときも、動く歩道に乗ったままのような名所より、コーヒーの香りと、窓のながめをまず浮かべる。

毎日、毎朝飲むけれど、豆の銘柄は、まったくわからない。駅のコーヒースタンドも、ダンディーなマスターのいれるサイホン式のコーヒーも、みんなおいしい。

ゆっくりすごした喫茶店では、おみやげにコーヒー豆を買ってくる。

先週は、関西に出かけた。観光おんちの旅は、暇ばっかりで、とちゅうの駅でふいと降りた。

……なんでこんな、なーんもないとこに、わざわざ東京からきはったのん。

オリジナル
ブレンド

駅裏の喫茶店のマダムにきかれ、なぜかしらと首をかしげ、そこから話に花が咲き、この町の暮らしを、すこし知る。

……まず、水がいい。それから空気がいい。だからコーヒーもおいしい。商売はあかんけど、住むには最高よ。

そして、駅前にいい書店がある。店長さんも、ここのお客さんと教わる。

あちこち出かけるけれど、ほんとうになんにもない町というのは、あんまりない。喫茶店がなければ山があり、山がなくとも風が吹き、風がやんだら猫がいる。すすきが光る。

このお店のコーヒーは、ことし八十路というマダムが、吟味した豆を自家焙煎している。名店は、なーんもない、商売もあかん町に、ひっそりとある。

おみやげに、百グラムください。

おすすめをきくと、オリジナルのブレンドとのこと。ちいさなシールに、豆の名も貼ってある。

おすすめブレンドは、店の名ではなく、町の名を冠している。

ちいさなみぎ手

子どものころは泣き虫で、思うことの半分も、ことばにできなかった。いじわるされたから、逃げ帰ってきた。教室で、ずっと仲間はずれになっている。もう学校にいきたくない。そういうほんとうのことほど、いいたくない。教室でひとりでいるとき、読書でごまかすのは便利だけど、ページもめくらないうちに、あたらしいつぶてが飛んできた。とがって、ちいさくて、痛い。あんまりくたびれて、そのうち本からも、はなれた。

だんだん悪知恵がついて、すきをみて教室をぬけだすことを覚えた。不良になる意気地はなく、ひと気のないビルの屋上でガムをかんで、給食の時間に、こっそりもどる。

このビルの玄関には、りっぱな応接セットがあり、少年の銅像が飾られていた。かぼそい手足、一年生くらい。ぽかんとした頬は、幸せそうにも、不安そうにも見える。

ふーん。ぐるりとまわる。

さわると、すべすべごつごつ、ぎざぎざ。制作風景を想像すると、ピノキオのゼペットじいさんが浮かんだ。

ほこりをのせたブロンズの少年は、左手をあげている。

横断歩道を渡るのか、手を振っているのか。しゃがんでながめ、おろしているちいさなみぎ手をにぎった。

つめたいけど、ほんとうの子どものような、たよりない指だった。ちゃんと手相のある手のひらにかさねる。みぞおちの力が抜けて、ぽたぽたと涙が落ちた。

ことばにならず、凍りかけていた本心を、彫刻にほどかれる。ものいわぬどうしは、なにかが伝わる。

五十のいまも、おしゃべりなのに、ほんとうのことは、鉛筆を握らないと話せない。けれども、いまは好きなときに、絵や彫刻を見にいける。

舟越保武さんの、原の城という作品は、島原の乱に倒れた兵士の立像。心底かなしいとき、ひとりでだまって見ている。

だまっこ鍋

からりと秋晴れ。となり町まで、くちぶえ吹きつつ、自転車をこぐ。

用事をすませて坂をくだると、スーパーマーケットで朝市をしている。秋田の芹が出ている。新鮮で、ながいしろい根っこがついている。

冷蔵庫に、あぶらげ一枚、鶏肉もちょっとある。ごぼうもある。食べものの在庫だけは、よくよく覚えていられる。

芹と舞茸を買えば、だまっこ汁ができるでないの。思いついたら、舞茸は朝市の特価品。ついてる。

買いものをすませて、坂道をもっとくだる。自転車のかごから、芹の香のあおい風が吹いてくる。

だまこ汁、だまっこ鍋。呼び方はいろいろと、秋田の朝市のおばさんに習った。作りかたも、家ごと町ごと、さまざまとのことだった。

炊きたてのごはんを、すりこぎでつぶし、塩水を手のひらにつけ、くるくるとお

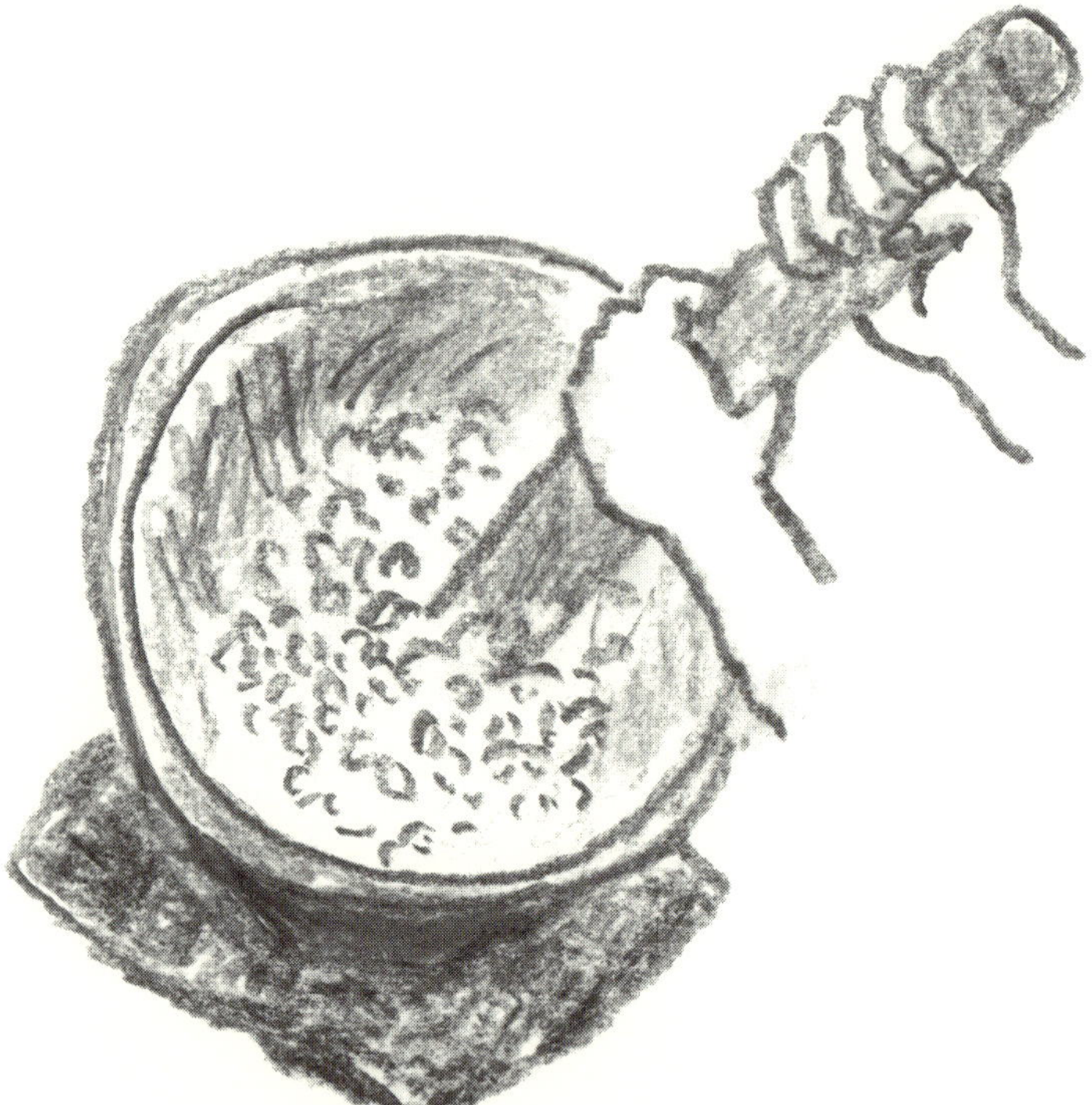

だんご、だまっこにまるめる。卓球やゴルフのボールより、すこしちいさいくらい。まるめただまっこは、網かトースターで、こんがり焼き色をつけておく。

土鍋に昆布だしをはって、鶏肉、あぶらげ、ささがきごぼう。舞茸は手でほぐす。芹の根をきざんでさきに入れておくのが秘訣で、秋田の風土の力をいただく。ここで、おばさんの鍋には、しらたきが入っていたと思い出す。うっかり、残念。

酒とおしょうゆ、甘みがほしいときは、みりんかおさとうをたす。味がととのったら、だまっこを入れて、火をとめる。きざんだ芹を、山ほど入れる。

おあじは、秋田名物きりたんぽとおんなじ。きりたんぽがなくても、家で気がるに作れる。

芹をかきわけ、あつあつのだまっこを食べる。

秋田の朝市にも、芹がわさわさとあったっけなあ。

ひろく深い晩秋の空と、澄んだ星を思い出す。

毛糸玉

ガラスの大瓶に、毛糸玉をためている。

編みもの教室の課題のセーター、友だちにプレゼントした帽子。完成後に残った糸をためておいて、コースターを編む。

円を編むならかぎ針、四角は棒針。糸をいくつか引きそろえ、厚地に編む。

毛糸といっても、手入れに気を使う必要はなく、洗濯機で洗ううち縮んで、だんだん風合いがよくなる。

ひとつ三十分ほどで、できあがる。いろんな糸が選べるので飽きず、退屈しのぎにちょうどいい。たくさん編んだら、コーヒーや紅茶といっしょに、暮れの贈りもののおまけにする。

公園のベンチや駅の待合室で編んでいると、年配のかたがたは、あら懐かしいと声をかけてくださる。ちいさな子どもには、じーっと手もとを見つめられる。やってみたいのときくと、にっこりうなずく子もいる。

編みもの教室は、指導員資格のクラスになって、製図の計算についていくのに苦労している。

五十の手習い、ものになるのか心配しつつすすめてきて、このあいだ、ひとつ目標を思いついた。

いつか資格をいただいたら、町の児童館や学童保育で、子どもたちと編みものをしてみたい。近所のおとなのなかに、編みものおばさんがひとりいても、おもしろいかもしれない。

友だちをたずねて、いっしょに編むことがある。もくもくと手を動かし、ぽつぽつ話すと、あんがい本音がこぼれる。塾や習いごとに忙しい子どもたちは、どんな話を聞かせてくれるか、思うだけでたのしい。

不器用で、なんでもひとの三倍、時間がかかる。同級生が三年かかる資格なら、おそらく十年、還暦まで。

あきらめず、気長に編む。

めでたいもの

民謡が好きで、唄めぐりの旅をたのしみにしている。
先日は、千葉県の多古町に出かけた。ラジオで流れて、ききほれた祝い唄をたずねた。ラジオでは唄の名を、大根種《だいこたね》と紹介していた。地元では、めでたいものと呼ばれ、新年会、結婚式、家の棟上げ式、祝いの宴は、この唄を歌わないとはじまらないとのことだった。

めでたいものは
大根種
花咲いて、実なりて
サー、めでたい
俵重なる
めでたい
サーテハエー

唄の歴史を調べた地元の方に、田植え神事の唄が起源とうかがった。なるほど、地元で歌われているゆったりしたテンポは、田植えの動作をよくうつしている。

大根は、種のさやがたくさんつき、俵を積みあげたように見える。それで繁栄祈念に欠かせないお供えものとなり、めでたいものの象徴として歌詞にあらわれた。新潟や長野にもよく似た歌詞の唄があり、よい唄が口伝えで旅をしていくようすもよくわかった。

多古町は、田畑がひろびろとつづき、古墳や史跡も多く、むかしから住みよく暮らしてきた土地だった。

帰りがけに、大根の畑をたずねると、いちめんに深い緑のりっぱな葉がひろがり、こうばしい土からもりもりと、収穫まぢかのすべすべの大根がせり出していた。

機械化がすすむ世となっても、大根をひき抜くのは、すべて手作業とうかがった。寒い朝、凍るほどつめたい土に身をかがめ、一本ずつ力を込める。農家のご当主は、その苦心をまったく見せず、ほがらかに案内してくださった。

ふろふきに、おでんに。ありがたい、おいしい大根の季節到来。

サー、めでたい。

酉の市

朝いちばんに、酉の市に出かけた。

むかうは、東京下谷の鷲神社、鳥居をくぐり、手をたたく。二〇一八年は、三の酉まである。

酷暑に台風、大雨に地震。そのうえ火事では、耐えがたい。安心して年を越せますように。よくよく拝み、ちいさな熊手を納めて、買う。

……ますますの商売繁盛をお祈りいたしましての三本締め、お手を拝借。

色とりどりの熊手にかこまれて手をたたくと、はれがましく、ようやく歳の瀬も見えてくる。

あたらしい熊手をもって、誇らしく鳥居を出る。喫茶店をさがしながら裏道にはいりこむと、くすくす笑いが聞こえた気がして、ふりかえる。

横町から、地味な着物の女が、すいと現れ消え、切れ長のまなざしが残る。家なみから、陽気な江戸っ子たちの声があふれてくる。

……それは何ぞと問ふに、知らずや霜月酉の日例の神社に欲深様のかつぎ給ふこれぞ熊手の下ごしらへといふ。

なるほどここは、竜泉の町。

樋口一葉は、この町に住み、駄菓子屋を開いた。その経験から、たけくらべは生まれた。

物語の冒頭では、長屋にすむひとたちの内職の様子がわかる。紙を切り、顔料を塗り、裏には串を貼る。色つきの田楽に似たそれこそは、酉の市の熊手飾り。家族総出でこしらえて、朝は家のまえに干し、晩にとりこんだ。

かつげないほどの大熊手を買いしめても、不機嫌眉毛の欲深さまがいると思えば、朝から酔っぱらって、すっからかんさと笑うおじいさんもいる。

そのうえ、あんなにお金に苦労した樋口一葉は、五千円札の肖像になっている。

この町を歩くたび、時の流れとお金とひとの、めぐりあわせの不思議を思う。

三の酉まぢかの十一月二十三日は、一葉忌。

ことしの熊手に、目元りりしきお札をしばしのせ、手をあわせる。

晩秋

毎朝、目が覚めるなり原稿用紙に三枚書く。このところ、そのあとに十枚、はがきの宛名書きをしている。

集中力がないので、三枚以上と欲ばると、町の音やすずめの声によそ見する。宛名もおなじで、十枚をすぎると、送るかたのお顔がぼんやりする。

悪筆なので、せめてていねいに。書きあげて、一日がはじまる。

ことしは、父の喪中で、賀状欠礼のはがきを用意した。近所の印刷所にお願いにいくと、おさびしくなられますねと声をかけていただいた。

夏越しの祓えの、明け方だった。旅路の空には、おおきな月があって、気象予報士さんがストロベリームーンと呼んでいた。

父逝きし苺の月の残る朝

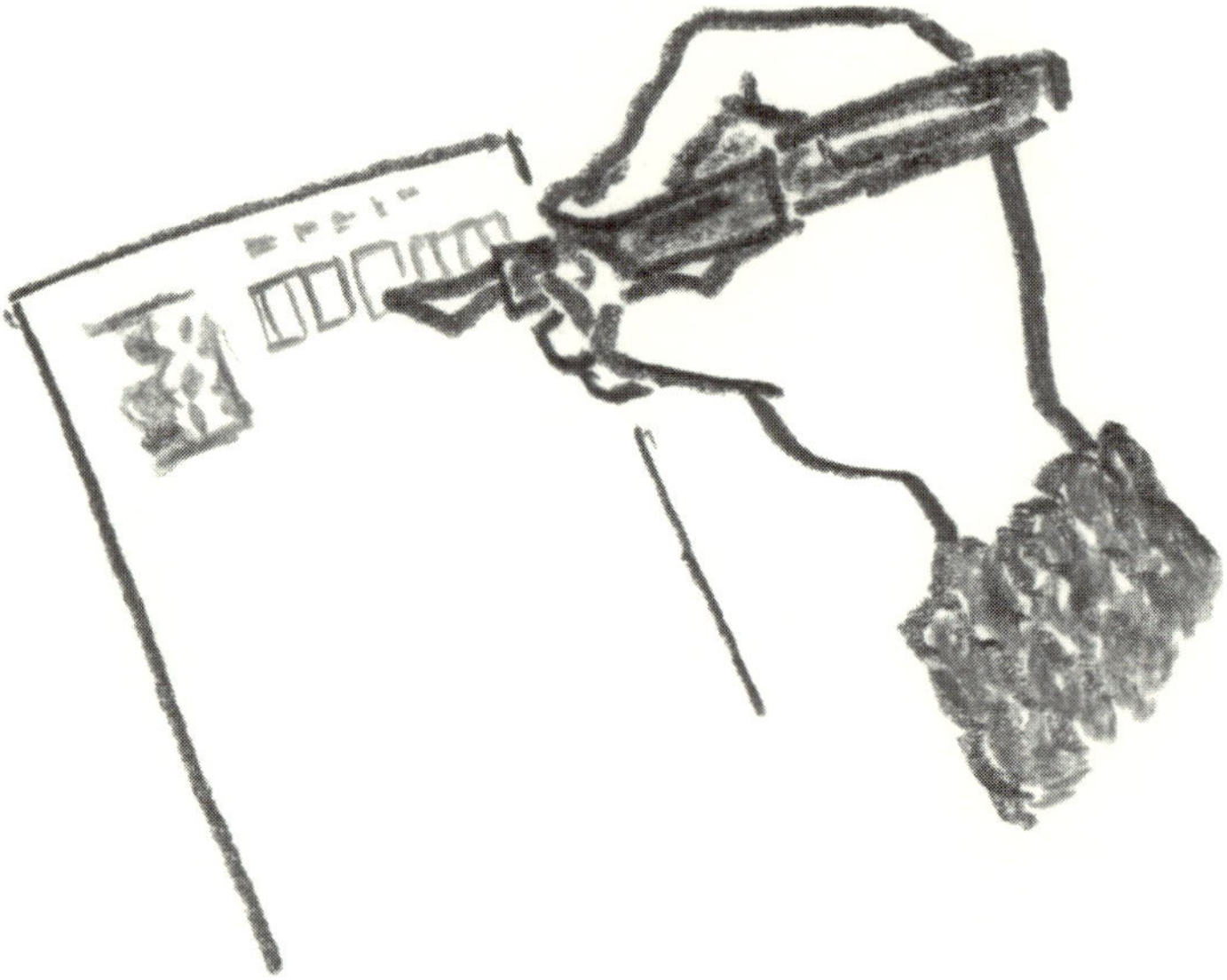

空港行きのバスからながめ、俳句にとどめた。

暑いさなかの葬儀に、たくさんの方が来てくださった。宛名を書きながら、励ましていただいたひとときを思い出す。

没後の手続きや法要、不慣れなことに追われ、悲しむいともなく過ごしていたけれど、毎日十枚をすすめるうちに、もういないんだなあ。ようやく心身に伝わった。パソコンで入力、印刷していたら、いまも気づかずいたかもしれない。

近くで気にかけてくださるお友だちや親類が多く、母も気落ちすることなく過ごしている。

……ひとりぶんの料理を作るっていうのが、難しいの。いままでは、お父さんが、いくらでも食べてくれていたからねえ。

電話で、そんなことをいっていた。

食いしんぼうの着道楽、絵と音楽が好きで、几帳面に見えて整理整頓がまったく苦手。顔だち骨格、血液型、いいところも悪いところも、みんな父にもらった。

はがきを出せば、もう師走。さびしくも温かい朝を過ごしている。

ギターとシネマ

夏のはじめ、原茂樹さんから便りがきた。原さんは、大分県日田市にある映画館シネマテーク・リベルテの支配人をしている。

そのリベルテで、音楽家の青木隼人さんがギターの演奏を録音した。CDにしたいので、曲に題名をつけてほしいとのこと。

日田は、大好きな町だけど、むだな言葉は、大切な音楽のじゃまをする。どうしようか。

数日して、こんどは青木さんから、録音したCDが届いた。

第一音、朝露のかがやく森の匂いがする。

しずくはやがて、霧雨となり、小鹿田《おんた》焼の窯の煙と静かにまざりあう。晴れれば、こんもりまるい山に立ち、こもれびを見あげる。山の水は三隈川まで旅をして、たそがれのみなもに鵜飼舟の灯りがにじむころとなる。

ぜんぶものすごくおいしい駅前食堂の奥さんの、天下一品の笑顔。無口な陶工の、

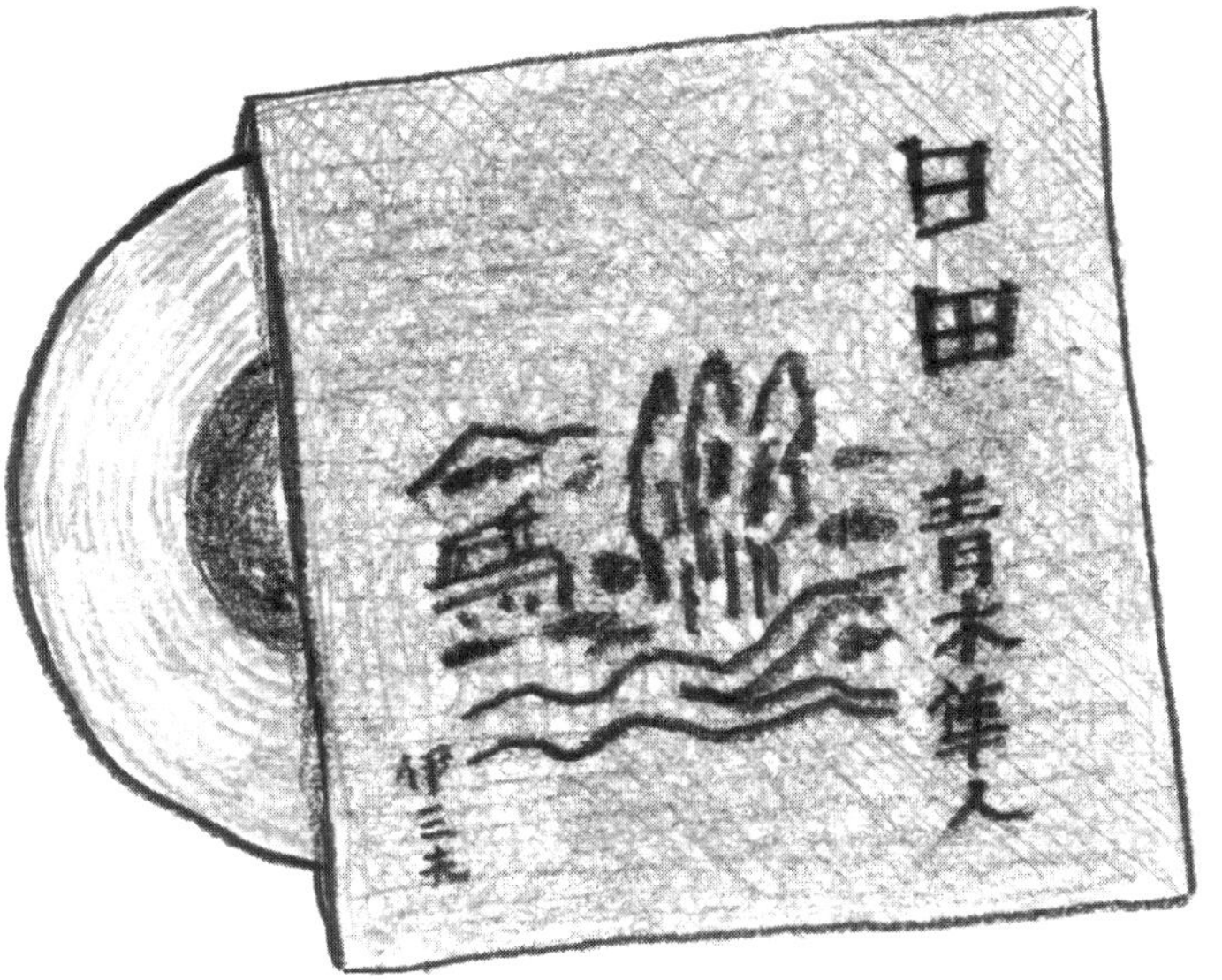
日田
青木隼人

土を持つ手の静けさ。めぐった時間が、ギターの深い音にのって、こんこんとあふれた。

あたたかな出会いの記憶。そして、日田の町案内にもなるように。ひと夏、曲名を考えていった。

そのあいだに、父の具合が悪くなって、見送って、口をつぐむ日が増えた。

そのあいだも、CDをかけると、日田の澄んだ光が胸に届いた。早朝のだれもいない映画館で、一曲ずつ、丹念に調律を変えて演奏されたという。

そうして、CD日田は完成した。アルバムの絵は、牧野伊三夫さん。友人の縁がしぜんに集い、とてもうれしい。

先日、リベルテで記念演奏会が開かれ、青木さんの演奏をきいた。ギターと映画館にこころを寄せたことしの夏を、まぶしく思い返した。

町を歩くと、庭や畑にたわわに色づく柚子の木を、あちこちに見つけた。

柚子のようにきよらかに、あたたかに。

日田の音楽は、じっくり実った。

お粥さん

にぎやかな予定が、増えてきた。

手帳を見ると、来週の平日は、すべて忘年会になっている。おさけも、おしゃべりもうれしいけれど、この週末は、休肝静養の日にすると決めた。

朝風呂を出て、台所に立ち、お米をひとつかみ洗う。土鍋に入れ、水をはり、とろ火にかける。

師走にはいると、帰省にむけて食料品を買わずにやりくりする。冷凍のパンも食べ終え、このところの朝食は、お粥を炊いている。

掃除、洗濯をしているあいだに、ほのかに甘いお米の香がたちのぼる。三十分たち、ようすを見て、さらに十分。

いつもはさらさらのお粥ですけど、きょうは、ゆっくりやっこく炊いて食べたほうがいいですよ。五臓六腑の声がきこえた。

ほうじ茶をいれて、箸と、塩こぶ、梅干をならべる。

いつもより大ぶりのめし碗に、たっぷりよそう。小鉢にも入れて、父と祖母の写真のまえに置く。

もくもくと食べはじめて、おなかがすいていたとわかる。箸でひとすくい、とろり、つややかなお粥さんに見ほれる。

水と火と、米のいのちを集めた尊い光。お寺の修行僧は、このひとくちに、さまざまな気づきを得られることと思う。

梅干をのせると紅がにじみ、昆布をのせれば潮の香りがのぼる。一膳のお粥を食べながら、日本のうみやまが浮かぶ。

生まれて、おっぱいを卒業して、これまでいちばん長く食べてきたのも、お粥かもしれない。

風邪をひいた、おなかをこわした。思春期に食事がとれなくなったときも、おもゆだけは飲みこんだ。おばあさんも父も、最後までうれしそうに食べていた、お粥さん。

たいらげれば、あたたかく潤う。冬の一日がはじまる。

三匹の猫

青森の友人から、寒いよーとメールがきた。

雪やこんこ、あられやこんこ。東京も日ごと冷えこみ、寝床に湯たんぽを入れるようになった。

暖房は、ストーブとエアコン。残念ながら、こたつはない。置いたら最後、春まで出られない。

家族で住んでいたころは、こたつの布団をめくるとかならず、猫がいた。

きじ虎のチャーさんは、高校生だった兄が、友人の家からもらってきた。そののち大学生になった兄が、金沢に旅行に出かけ、山のなかでひろったのが、三毛のピーさんだった。

生まれながら家猫のチャーさんは、おっとりおとなしい。山育ちのピーさんは、警戒心が強く、野性味まんまん。性格は違っても、二匹ともこたつは大好きで、あかい灯に身を染めて、うっとり寝ていた。

のぼせてくると出てきて、水をのんで、またあたりまえに入っていく。ひからびてるんじゃないかな。心配してのぞくと、背をまるめて、ときどき耳やひげやしっぽが、ぴくぴく動く。

歌のとおりだなあ。

感心していると、二匹ともしだいにくつろぎ、背や腹をくねらせ、胴がじわじわふくらみ、正方形のこたつの対角線になるほど伸びた。猫は、こたつで長くなる。歌には、つづきがあった。

両親が東北に家を建てることになり、二匹もいっしょに越した。チャーさんはおそるおそる雪を走り、ピーさんは果敢にすずめをつかまえ、それぞれの天寿をまっとうした。

二匹のいなくなったあとには、伯母の家のりっぱな三毛猫ミッキーさんを譲ってもらった。この三代目も、冬じゅうこたつを占領して、どどーんと伸びていたなあ。あんなに猫まみれで平気でいたのに、離れたら猫のアレルギーが出て、抱っこできない。この部屋には、こたつもない。

東京も、寒いよー。

おさがり

友人たちと、バザーをしている。

行きつけの食堂の、お休みの日が会場になる。チラシやSNSで告知して、衣類や本や日用品を持ちより、ならべて販売する。

接客、会計、梱包、店内の整理整頓。おとなのお店やさんごっこは、終わったあとの打ちあげまで、ずっと楽しい。

東日本大震災のときに、宮城の東松島市に住む友人に、不足の品を送った。そのときに集まった友人たちと、義捐金をつのるバザーをはじめた。いらい七年。いまもつぎつぎ災害が起き、日本じゅう、年じゅう、ずっとこころぼそい。

楽しみにしてくれる常連さんもちらほら、開店前に列ができることもある。

二十八回つづくと、店員のほうも、気づくと全身バザーで買った服だったり、それわたしのおさがりねといいあったりする。

子どものころ、はとこのお姉さんから、段ボール箱いっぱいのおさがりが届いた。

いちどにお洋服が増えて喜んでいると、きゅうくつになった服は、ちいさなはとこに送るよ。母にいわれる。おさがりは、うれしさくやしさ、半分ずつだった。

背丈が変わらないから、着たらいいわ。きのうの電話で、母がいった。

……本人は着たがっていたけど、こっちは雪でぬれるから。やっぱりナイロンのほうが軽いし便利で、そっちばっかり着ていたものだから。

紺のオーバーコートは、新品同様、傷みもない。ずいぶんまえ、父が東京に来たとき、新宿のデパートで買った。

英国直輸入、値札にたじろぐ父に、せっかく買うなら、ずっと着られるほうがいい。似あう似あう、これがいいとすすめた。

一生もののコートを着ているところは、いちどしか見なかった。ひとより早く白髪になった父に、よく似あっていた。

この冬は、父のおさがりを着て、親子二人羽織で新宿を歩く。

煮豆の晩に

豆を煮る夜、過ぎゆく一年をぼんやり思う。

平成三十年の正月には、いくつか目標をたてた。

六月には五十になるのだから、あわてものを卒業したい。点滅している信号は、走らないこと。

健康第一として、週に二日を休肝日にする。

編みもの教室の課題を、遅れず提出すること。

仕事のほうは、温故知新をこころがけ、古典作品や伝統芸能に親しむ。

みごとにぜんぶ、実現できなかった。

暑い昼日なか、雪の朝は、信号がちかちかしている横断歩道を駆け渡ってしまった。桜ほころぶたそがれも、中秋の名月を見あげた晩も、ついふらふら、酒場の灯りに吸いこまれてしまった。

さらにながい猛暑がきて、編みものもはかどるはずもなく、課題は前例をみない

ほど遅れている。

わかっちゃいたけど、やめられなかった。ふりかえれば、いつもどおりの、スーダラ日乗だった。

目標は、すべて新年に持ち越し。ひとつだけ、能楽にくわしい友人のおかげで、鑑賞する機会があったのは、ありがたいことだった。雄大なお能の時間にくつろぐと、知らずにいた心の底ものぞけた。

元日の朝は、実家の町の喫茶店で、いちばんだいじな原稿を書くことにしている。ことしの一月一日は、この欄の原稿を書いた。

毎回、その日いちばん話したいことを書いた。

風邪をひく、足をくじく、競馬は全負け、そして父は死んでしまった。しゃがみこむ時間にいても、書き終えると、初心に立ちもどったように、息がひろくなった。

読者のみなさまが支えてくださった。旅さきで、新聞読んでいますよと声をかけていただいて、とてもうれしかった。

みなさまに、よい一年にしていただきました。

ことし、むかし

珍品堂の腹ぐあい

ことし、五十になる。

正月元旦、こんどこそ初志貫徹と読みだした。

練馬区立豊玉南小学校の図書室にあったドリトル先生にはじまり、山椒魚、黒い雨、釣りの随筆や詩集。

神保町に行けば、東京堂書店で、古書店で、棚に井伏鱒二の名を見つけては、手にとり、借りたり買ったりする。それなのに、読み通さないまま、五十になる。

引越しのたびに、手ばなしたり、ついてきたり。そうして、また買って、また読まない。りんご箱には、日に焼けた厄除け詩集が入っている。もう文庫本そのものが、厄除御守みたいになってしまった。

申し訳ありません。丸顔、太いふちのめがね、着物すがたの写真ばかり、ながめてきた。

三十年もまえ、大学生のころ、兄とふたりで杉並の阿佐ケ谷に住んでいた。あるとき、郵便受けに届いた区民報に、おおきく井伏鱒二さん名誉区民と出ていた。住所が書いてあるのをみて、自転車で自宅を見つけにいったことがある。家はあって、本人には会わなかった。

そんなことを思い出しつつ、書きだしに身がまえる。

……珍品堂主人は加納夏麿という名前です。年は五十七歳、俳号は顧六です。

ゆったり、主人公の紹介が尽くされる。貫禄あるおなかから出てくる声が、あんまり心地よくて、ついよそ見する。いままでなんども、このたっぷりしたおなかからころげ落ちてきた。

珍品堂主人は、寺のせがれで、もとは教員をしていた。骨董美術の魅力にとりつかれてしまい、目利きとなり、いまではそれが商いとなった。

若いころは、よくもてたけど、念願の骨董をめぐり、百戦練磨の腹の探りあいをするうち、すっかり頭も禿げつのった。ものの縁は、かならずひとの縁をつれてくる。大損あれど、ぼろ儲けもある。もう若くない珍品堂に、最後の運だめしのような、儲けばなしがやってくるのだった。

人生、生きなおすつもりで世の波に乗りだせば、上には上がいる。ずるい輩や天敵は、男ばかりとは限らない。根まわし、意地悪、色じかけに泣き落とし。本気全力で戦ったのに、酸いも甘いもかみわけたばあさんに、あれよあれよと、こてんぱんにされてしまった。

身ぐるみはがされ追い出され、みじめな思いで終わるかというと、さすがの俗物、骨董仲間の助け船のふちに、がっちりしがみついていた。

勝負とは、ここに尽きたりと思ったところにこそ、真のふんばり土俵がある。世のなか、底を見れば、もっと底がある。またもや、ぼろ儲けの鴨が、大金をしょってやってきた。そうして珍品堂主人は、すくない頭髪を気にしながら、愛しの骨董求め、街をさまよう。

目利きと、値踏み。売り手と買い手。たがいに儲けをもくろむ、値段の交渉。偽物と知って売りつけほくそ笑み、こんどは自分がだまされる。

骨董は、女とおなじ。手に入れたくて躍起になって、手ばなせば未練がつのる。洒脱な会話、将棋中継のような腹のさぐりあい、ばあさんとの対決を、鮎釣りにたとえてみたり。作者の趣味もかいまみられて、こういうところで井伏ファンのひとたちは、にやりとするんだろうなあと読んだ。

珍品堂は、ぼろい儲けをするたびに、さびしい頭がいっそう禿げつのるという。うれしくて、興奮して、顔はすましているけれど、額がちりちり後退しちゃう。

いいかげんで、おとなげなくて、負けん気が強くて、勝負にも女にも、ここぞというとき腰くだけになる。

だめな道楽男の悲哀、おかしみ。若いころなら、そっぽをむいた。

いまはひとつひとつ、骨董を愛でるように、ゆったりころがしながめ、ついていった。風が吹かないのに吹かれているような、そのなさけないうしろすがたを、ほほえましくさえ読んでいる。

スピードの世から、ころがり落ちていくひと。判官びいきでも、勧善懲悪でもない俗物だけど、にくめないひと。作者はそういうひとの生きざまを、ゆかいに頼もしく応援している。五十の正月、まさに読みどきだった。

とらぬ狸の珍品堂は、ぼろ儲けの皮算用の前祝いをして飲みすぎて、腹をくだしてしまった。

……このところ、下痢のために少し衰弱しているのです。

力の抜けきった告白をして、ほっとして、物語は閉じる。

かつて、教科書で読んだ太宰治の富嶽百景のなか、井伏鱒二は、富士山を見ながらおならをしていた。放屁なされたという一文に、みんなが笑った。

井伏鱒二は、実直にこまやかに、だれにでもわかるように筆をすすめる。その安心感を、読者に周囲に与えつづけるためには、水面下では白鳥の脚のごとき必死さと集中が必要で、自律の緊張を強いたことと思う。脳が疲れれば、腸も弱る。

また、釣りは、せっかちなひとほど、のめりこむときいた。

読みながら、ときどき珍品堂に作者のすがたをかぶせつつ、ずんぐりした体軀に相反する、こまやかな五臓六腑を案じた。

三が日で、たのしく読んだ。

長年の宿題を、ようやく終えた。

霜の花

信号で立ちどまると、椿が咲いている。

子どもの襦袢にあるような、あかぬけないピンクを見て、道を渡る。

秋祭りですくった金魚は、ひと月生きたか、どうだったか。目をこらして、駅まで歩いていく。

日曜日の昼に、ガラスの鉢から跳ね、畳のうえで死んだ。

……いやだこと、やばちこと。

祖母は、悲鳴をあげた。生きているときは、かわいいねといっていたのに。

父は、うすっぺらい尾をつまみ、ちり紙でくるんだ。

……公園に、埋めておいで。

鉄棒のうしろの花壇に、まよわずいった。毎日ここで、ままごとをする。椿の根もとにしゃがみ、穴を掘る。金魚を埋めて、土をかぶせ、しろいおおきい石をのっけた。

翌日から、石をどかし、土を掘りかえし、ちり紙をひらいた。だれにもいわなかった。金魚は、ちいさな蟻がたかって、細い骨が見えて、ほんとにやばちくなってくる。そのうち、皮と腹わたが消えた。そして、北風が吹き、風邪をひく。年は、明けていた。鉄棒のまえまわりの特訓をした。冷えた棒をつかんでまわると、ピンクの椿が咲いていた。土はざくざく凍っている。掘りかえす。ちり紙は、土に染まり、金魚はまったく消えていた。なきがらをやばちといった祖母も、ちり紙でくるんだ父も死んだ。それから、これまで拾ったいろんなひとの骨をならべながら、くねる坂をのぼる。

夜ふかし

春は、名のみの。

くちずさめば、そのまま、そのとおりになって、夕方から風が出てきた。東北の港町に住む両親に電話すると、まだ雪が降ってる。寒いよと、声をそろえていう。きくだけで、足がつんと冷えてくる。

だんだんと寒がりになって、桜の散るころまで、真冬のかっこうをしている。ことに首と足がつめたくなる。とっくりのセーターと、厚いタイツ。タイツのうえに、さらに毛糸の靴下をはく。それも、腿のところまである特長のハイソックスがいい。あまり売っていないので、見つけたら買うようにしている。

秋風とともに厚着がはじまり、年を越え、豆をまき、お雛さまを飾る。そのころになると、ながい靴下には、毛玉がついたり、親指やかかとが薄くなったり、穴があく。もうすこしあたたかくなるまで、はきたい。それで、針箱を出してくる。

針穴に、細い毛糸を通し、最初は、たてに。糸を渡すように、穴をふさぐように、すきまなく刺す。正方形をめざすと、やりやすい。つぎは、横に。たて糸に垂直になるように、平織りになるように針さきをくぐらせる。端まできたら、靴下にひと針。たて糸を慎重に刺すと、うまくいく。

外国ではダーニング、修繕という意味で、最近は手芸好きのあいだで、人気になっているとのこと。手芸店にいったら、便利な道具があってすすめられた。

木製で、手のひらにころんとのる。きのこのかたちも、愛らしい。毛糸はこんどにして、そちらを買った。

まず、きのこの笠のまんなかに、穴をひろげる。そして、軸の部分を輪ゴムでとめて、しっかり固定する。なるほど、作業しやすく、たのしい。穴のふさぎかたも、おなじ色ではなく、わざと目をひくような糸で、ついでいく。グレーの靴下に、まっかな毛糸で刺すと、ふさいだまるやしかくが、編みこみ模様に見えてくる。

春の北風をききながら、ひとつ繕う。またひとつ。つい夜ふかしになる。数独に熱中している母のように、もくもくと、そのうち息を忘れる。

足袋つげばノラともならず教師妻　　杉田久女

頭のなかをことばでいっぱいにしながら、しんと針を動かす。足袋をつぐ姿には、樋口一葉もかさなる。

文章の才があることは、自他ともに知っている。それなのに、栄誉賛辞の光は逃げていく。足袋は冬の季語だけれど、明治の女性たちは、年じゅうこめかみを張りつめ、つめたい指で生きていたんじゃないかしら。

肩をすくめて息をほどき、針をおく。今夜は二足繕い、ひきだしにしまった。子どものころ、おでかけタイツっていうのがあったな。あかやしろのタイツ。毛玉が、たくさんついていた。

町におでかけするよ。父か母にいわれると、ひきだしからひっぱりだした。つるつるのエナメルの靴をはくんだから、タイツじゃないといけないの。

子どもは風の子で、よそいきになっても駆けまわる。からだは日にち育っている。お気に入りの靴は、すぐきゅうくつになって、タイツにも穴ぽこがあく。

うちは、母は洋裁、おばあさんは和裁の仕立てをしていたので、手をのばせば、すぐに針と糸があった。穴があいたといえば、すぐについでもらえた。

いそがしい母のつぎかたは、穴のまわりをこまかく縫って、きゅっと縫い縮めるので、つまさきにかたい豆粒があたる。おばあさんのは、ダーニングとおなじ刺しかただった。運針の名人なので、針先をつくつくと波うたせた。はいても、穴を忘れていられれた。

ちびすけは、おんもで遊びたいばっかりで、ほんとは穴なんてどうでもよかった。それなのに小学校に入ったら、せっかくついでもらった靴下が、なんだかはずかしくなった。あたらしいの、買ってよう。だだをこねた。

母は、叱った。おばあさんは、なんにもいわなかった。針仕事の尊さがわからないばかな孫に、さぞかしがっかりしていた。

老眼しのびよるこのごろ、上下する針さきを見つめ、こめかみがつらくなるたび、さびしいおもいをさせたとうつむく。


つぎはぎもゆとりとなる世の余寒かな　　金町

アパートだより

勤めをやめて、十五年たった。

だんだんと世の時計からはずれていって、このごろでは旧暦で暮らすくらいが、心身しっくり、ちょうどいい。

両親の住む東北の港町の風習で、子どものころからお節句は、旧暦で祝ってきた。お雛さまは、西暦の三月一日から四月三日まで、ゆっくりしていただく。

実家には、豪華段飾りの御一行がいらっしゃる。東京のアパートには、土人形のおふたりがならばれる。ひとり暮らしをはじめたころ、骨董市でご縁をいただいた。

ちいさな机に、金平糖やあられ、桃の花を飾る。どぶろく、シャンパン、ワインにマッコルリ。しろざけは、各種のみ放題にしておく。ひと月のあいだ、友だちを呼んで、たのしく宴会をつづける。

いっぽう、おなじアパートの、ななめうえのベランダには、毎年かならず四月一日に、鯉のぼりがはためく。この部屋には、若いお父さんとお母さん、そして、だ

いじに育てられている、ちいさな坊やがいる。

おなかにいるころから知っていて、この春、保育園にあがる。ついこのあいだまで、乳母車で眠っていたのに。よだれかけをして、たよりないあんよだったのに。お風呂がいやで、あーんあーんと泣いていたのに。いつのまにか愛嬌いっぱい。きのうも、スーパーマーケットで会ったら、おばちゃーん、こんにちはー。とことこ駆けてきた。おばちゃんは、すっかりめろめろになって、バナナをあげた。

子どもの顔というのは、日に日にかわるものとわかる。赤ん坊のころは、お母さんにそっくりだったのに、このごろ、目もとがお父さんになってきた。実直に暮らしている若いご夫婦と、その日暮らしの独身中年が、おなじおんぼろアパートを選んで、住む。土地の縁、ひとの縁の不思議を思う。

このアパートに越して、やはり十五年になっていた。

おんぼろながら日あたりがよく、まえの公園には、おおきな木もある。ながく住んでいるひと、ひとり暮らしのひとも多く、保育園児から八十代まで。会えば、おはよう、こんにちは。みなさん、気さくなかたで、ありがたい。

若いご夫婦が越してくるまえ、うえの部屋には白髪のきれいなおばあさまが、ひとりで住んでいらした。ちゃきちゃきの江戸っ子だったというだんなさんは、ずいぶんまえに亡くされていた。

この町のむかし、戦中戦後の東京、それから昭和のオリンピック。いろんなことを教えてくださった。りんごひと山を半分ずつ買ったり、いろいろたのしい思い出もある。

習いごとをつづけて、都会暮らしを楽しんでいらしたけれど、けがや病気が続くようになって、ご親戚の近くに移られた。最後の日、お元気でと握手をした。

あたらしいお部屋は、富士山がきれいに見えて、たのしみなのよとおっしゃっていた。

草の戸も住みかはる代ぞ雛の家　　芭蕉

毎年四月一日、ベランダに鯉のぼりを見つけると、この句が浮かぶ。

越していかれたかたと、また会うことは、まずない。芭蕉の旅立ちの心情をかさねてみると、越していかれたおばあさまも、たのしいだけの引越しではなかったはずと気づく。そうして、ここを離れるいつかを思う。旅だちは、やはり春がいい。

四月三日、雛祭りの最終日は、本祭禮として盛大に祝う。

毎年、会社帰りの友人が、おおきないちごケーキを買ってきてくれる。三月から飾っている桃の枝は、花が終わりかわいい若葉になっている。ちらしずし、はまぐりのお吸いもの、そしてなぜか、ビフテキを焼くのが恒例となっている。がっつり食べて、ことしもがんばろう。はんなりも、ほんのりもなく、酔っぱらう。

雛祝う世界のしろざけ飲み放題　金町

ヒヤシンスとミルクティー

澄んだ香りに、目がさめた。

窓は、まだあおい。ひさしぶりの休みで、寝坊をしようと思っていたのに、いつもより早起きになった。

居間に起きていくと、おはよう、おめでとう。おもわず声になった。テーブルのうえのヒヤシンスは、満開になっていた。

ちょうどいいガラスの花瓶をみつけて、水栽培をしていた。

しろいながい根がのびるまでは、暗いところにおいた。芽が出てきたら、明るい窓辺にうつした。光を受けると、のびのび葉をひろげ、茎も高く太くなり、つぼみは色づく。先週から、らっぱ状の、ちいさな星のような花は、音もなくひとつふたつと開き、しだいにおおきな花房となっていった。

しずかな香りも、満開が近づくにつれ、ゆたかに満ちていった。ことに早朝は、濃く深く気高く、圧倒されるほどになっていた。

日の出を待ちながら、深く吸いこむ。始める時期が遅く、心配していた。ほんとうによかった。

満開のヒヤシンスは、まだ暗い窓にむかって、身をかしげている。

夜明けの空も、ヒヤシンスも、ひとの奥底に沈むよろこびとかなしみを、しずかに揺さぶる色だった。花に、水や光が必要なように、このあおさを欲していたのかもしれない。けなげないのちにたずねられ、ようやく鎮まるこころがあった。

ラジオをつけると、朝のバロック。善いこころからうまれた音楽は、花にもきっと滋養となる。

休みの日は、なにも決めない。

なにをしてもいい、しなくてもいい。

とはいえ、腹の虫はすこやかで、いつもよりはやく鳴きだした。

やわらかいフランネルのワンピースに、あさいグレーのカーディガン。寝ぼけまなこで袖をとおして、ああ、休みなんだなとうれしくなった。どちらも長く着ていて、いつのまにか、ねぎらわれるような肌ざわりになっている。

鍋に牛乳と紅茶をいれ、弱火にかける。ふきこぼれないように、三寒四温の空をながめて待ちながら、そういえば。背のびをする。

棚のおくから、しばらく使っていない紅茶カップをとりだし、ふりむく。やっぱり。テーブルのうえの花と、おなじ色だった。

パンを焼き、きのう煮ておいたりんごをあたためる。

窓がまぶしくなり、部屋が動きはじめると、花の気配もまた変わる。

パンとジャムと、ミルクティー。かんたんなものをならべていると、なに食べてるの。ヒヤシンスは、おもたい花房をこちらにかしげている。

ダルマサンガ、コロンダ。

花も、気づかぬうちに動くのだった。

濃く煮だしたミルクティーは、青紫のカップにおだやかにうつる。

ちいさな星があつまって、おおきな一輪になる。

ちいさなよろこびがあつまり、忘れえぬ一日になる。

冬をのりこえたヒヤシンスは、ことばもつかわず、教えてくれる。

天気予報は、終日快晴とのこと。

なにをしてもいい、なにもしなくてもいい、春の休日がはじまる。

ひと夏のギター

あたらしい音楽がとどいたのは、ことしはじめての、夏日だった。

早朝の部屋にギターが流れると、ことばのいらない時間に包まれ、明けがたの無言より、もっと静かになった。

よい音楽家は、かならず、演奏をしながら耳をすましている。

まだ会わないひとの、沈黙に。

もう会えないひとの、輪郭に。

ギターは、やわらかな静寂を保ちながら、いつかどこかの時間を鳴らす。

深い流れが見える。かわいた草と、しめった石。雨と、本の匂いがする。

簡素な景色に、ひとりぶんの心身をなじませると、音色も耳も声も、しんしんと澄んでいく。

切り株に腰かけて、コーヒーをすすり、立ちどまり、目をほそめる。

旅の出会いはむしろにぎやかで、自然もひとも、おおらかに笑いかけてくれた。

それから、暑い暑い夏がつづいた。

悲しい知らせから逃げるように、ほうぼうに出かけていたけれど、どこにいっても、こころの波は静まらない。

光は、毎日深くなり、まぶしさと熱と、しだいに焼けはじめる肌、とほうにくれて歩きまわった。

そうしてとうとう、知らせを受け取ったのは、明けがただった。

屋上にのぼると、おおきな赤い月が残って、朝焼けがひろがるそらに、熱風が渦を巻きながらのぼっていった。

部屋にもどると、つけっぱなしのCDが鳴ってていた。

ギターの息づかいは、ずっと近くなっている。

窓じゅうに朝の光がさして、まぶしくて、しゃがむ。

ずっとそのまま、泣いた。

そのあいだ、音楽家は、ほんとうに、まったく、すぐとなりで弾いてくれた。

このひとは、おそらくこういう時間を知っていた。

しゃがんでいる影をながめて、涙をほたほたと落とし、かなしいけれど、さびしくなかった。

この夏がいって、秋が深まって、今夜も音楽が流れている。
ひと夏そばにいてくれたギターは、ひろい世界に放たれて、旅をする。
朝霧のようにこまやかに、初雪のようにそっと、きょうも生身のひとの手をとり、
あたたかな静寂のありかへ連れていく。

夏のおさけ

ベランダに出て、ミントをつむ。

たばねてコップに挿し、お風呂にいった。帰ってくると、葉っぱは、しゃんとのびている。

オレンジ、赤、ピンク、紫、たくさんの色があらわれ、消えていく。たそがれの窓にみとれながら、ミントの葉と黒糖を、すり鉢でがしがしつぶす。汗が流れて、あおい涼しい香りがたって、すりこぎをにぎる手がいそぐ。

おおきなコップにうつして、氷とラム酒、炭酸水をそそぐ。最後にレモンをぎゅっとしぼり、がらがらかきまぜる。

溶けきらない黒糖の粒をつまみ、かじりながらすする。

ほんとうのモヒートは、ライムを使う。近くのお店に売っていないので、レモンにしている。

ラム酒の量も、本格よりずっとすくないので、モヒートであるような、レモンサワーであるような、そういういいかげんなカクテルを、夏じゅうのんでいる。うすくつくるので、かえってたくさん、がぶがぶのんでしまう。ベランダにミントがわさわさとあるから、おかわり自由になるのもよくない。

ミントは、二十年くらいまえに植えた。二十年まえは、葛飾の金町に住んでいた。でっかい夕日が、江戸川に堂々としずむ町だった。

会社づとめだったので、週末に映画館にいって、おさけをのみにいくのを楽しみに働いていた。

そのころ熱中した映画に、ヴィム・ヴェンダースのブエナ・ビスタ・ソシアル・クラブがあった。ギタリストのライ・クーダーがキューバの古い音楽とその歌い手、演奏者をたずねるドキュメンタリーで、大評判になった。

音楽が気に入って、演奏しているところが見たくて、上映しているあいだ、会社のひと、いろんな友だちを誘って、映画館に通った。

出演者たちは、映画をきっかけにバンドを組み、キューバから世界ツアーに出かけていた。とうとう日本にも来ることになって、なんとかチケットを手に入れた。

モヒートは、そのコンサートの会場で、はじめて飲んだ。

……キューバの、おいしいカクテルです。

ライムの酸味、ブラウンシュガーの甘さ、くらっとするほど濃いラムと、爽快なミントのあおい香が交差する。炭酸の泡が踊る。うすみどりのカクテルは、一音くだけで汗のにじむ彼らの音楽にぴったりだった。

有楽町のおおきなホールの、いちばんうしろの席だった。そういう席には、ほんとうに来たいひとたちがいる。

はじめから総立ちで、歌って踊って声援を送るので、舞台からも、こちらにたくさんの投げキッスと笑顔がかえってきて、うれしかった。モヒートをなんどもおかわりして、べろんべろんになって、踊りながらきいた。

翌朝、猛烈な二日酔いを覚悟していたけれど、そんなこともなく、いいおさけを覚えてよろこんだ。さっそくラム酒を買い、花やにいき、ミントの苗をさがした。ブラウンシュガーというのは、色が似ていたので三温糖にした。

ミントは丈夫な草で、冬は枯れているけれど、春になるとのびてきて、真夏にはひざ丈くらいに、もじゃもじゃになる。ペパーミントとスペアミントを植えているはずで、二十年たち、どちらがどちらか、わからない。

ブエナ・ビスタ・ソシアル・クラブは、バンドとしては解散している。出演者が高齢だし、最初で最後のコンサートと思ったけれど、その後も、ソロや別のバンド編成で、何度も来日してくれる。歌って踊って、おさけがおいしい、生きててうれしい。映画と音楽とモヒートに、いちばん大切なことを教わり、こんにちがある。

モヒートは、高温多湿のところで飲むのが、いちばんおいしい。

石垣島で、若いバーテンさんに、シェイカーを振って作ってもらったことがある。南大東島のラム酒と、石垣島の黒糖。裏で摘んだというミントの香が、うちで飲むよりずっとあざやかだった。

酔うのに、すっきり醒めていくような、きもちのよいカクテルだった。

帽子と涼風

ことしの帽子を、買いたいんだけどね。

おととい、屋上ビアガーデンで、麦わら帽子が風にとんだ。ころがっていくのを追いかけ、つかまえてもどってくると、むかいあっていたひとは、ビールをのみほし、そういった。だんだん、夏日がふえてきた。

それから、こころあたりのお店をきかれる。

……いつも、かぶっているからさ。

それじゃあ、こんど、いっしょにさがしにいこう。そうしたらまた、ビールをのむだろうねと話した。

晴れていたら、たいてい帽子をかぶっている。

似たくて似たわけではないけれど、父も帽子が好きで、一日じゅう、部屋のなかでも、帽子をかぶっていたたい。

高齢になったこのごろは、野球帽をかぶるようになった。兄のアメリカみやげのニューヨーク・ヤンキースの帽子は、若いころ、野球をしていたこともあり、毎日かぶるうち、よく似あうようになった。毎日かぶれば、顔に白髪によくなじむ。帽子は、習うより慣れるがいい。

いっぽう、娘のほうも、色や素材、つばの広さやてっぺんのかたち、さまざまかぶってきた。

ワンピースを着るとき。アロハシャツに、半ズボンのとき。ジーンズに、しろいシャツのとき。服装がちがえば、帽子もかわる。また、ふしぎなのは、おなじ人間の頭なのに、年齢とともに、似あうかたちもかわる。

たとえば、高校生のころ、母が選んでくれた麦わら帽子は、浅めのつばで、頭頂はまるみがあって、紺いろのリボンに、ちいさな花飾りがついていた。ジーンズにも、マドラスチェックのブラウスにもバランスがよく、大好きで、夏がくれば、かぶりたかった。

けれども、大学を出て、就職をした夏の休日、髪をかえたわけでも、ジーンズをやめたわけでもなかったのに、姿見にうつる全身が、落ちつかない。

なぜかしら。首をかしげた。

さかのぼれば、幼稚園や小学校のきいろい帽子。中学生になって、男の子たちがかぶっていたのは、黒い制帽。あれはみんなおそろいで、だれもが似あった。

子どものころは、心身ともに個性があわく定まらないから、おそろいでよかった。親もとをはなれ、社会に出たから、去年までとは顔かたちもちがってきたのかもしれない。帽子ひとつにしても、これからは自力で選んでいかなくてはならない。

あおい新入社員は、そんなふうに真顔で考えた。そうして、その夏、はじめてのボーナスで、あたらしい麦わら帽子を買った。

真剣で、ふんぱつして、銀座に出かけたけれど、町じゅう歩いて決められず、さいごにデパートの帽子売り場に、母と同世代のベテランの店員さんがいらした。

ワンピースにも、ジーンズにもかぶりたいのですが。若気のいたりで、むちゃな要望を伝えた。選んでくださったのは、つばはひろめ、頭頂はたいらな、リボンも花もついていない。アメリカ製の、びっくりするほど軽い帽子だった。

身長のあるかたは、つばの広いほうがおさまりがいいです。ゆったりした声で、教えていただいた。

いまも帽子を選ぶときは、その教えのままでいる。

麦わらや、パナマの帽子は、夏の強い日ざしに、どうしてもいたみやすい。ようやくしっくりしたころに、はかなくほころびてしまう。

あたらしい帽子を手に入れても、捨てるにしのびない。過ぎし夏の恋のごとし。似たような色の麻の布を裏からあてて、繕う。それは、外出用から、屋上用の帽子にかわる。

うちのアパートは、古くて不便ながら、共有の屋上がある。おしゃべりしつつ洗濯ものや、ふとんを干す。小学生は、朝顔を育てている。休みの日のだんなさんたちは、缶ビールをのみつつ、読書をする。晴れた日の夕方は、とてもいい。

でっかいすいかをいただいて、おすそわけしたときも、屋上にあつまってくださって、たのしかった。年季のはいった麦わら帽子には、やっぱりビーチサンダルがよくにあう。

夏のあいだは、掃除洗濯をすませて、図書館に涼みにいく。

十五分ほどの道には、けやきの並木がつづいている。たすきがけのかばんに、かんたんな弁当をいれて、帽子をかぶっていくと、夏休みの子どものような気分になる。ほんとうの子どもにならないよう、ひろいつばの帽子は、いくらかまぶかに、頭頂は地面に平行になるようにかぶる。

麻のシャツと、ジーンズ。バンダナか、ギンガムチェックのハンカチ。好きなもの、学生のころとまるでおんなじ。ふいに頑固を発見して、ひるんだりしながら、木陰をさがし、とびはねるように歩く。

そして、きゅうにけやきを揺らした風に、帽子をおさえた。そのとき。岩崎良美さんの、涼風という歌が浮かんできて、夏のよろこびが帰ってきた。ちいさくうたって、また歩く。

恋をした女の子の、デートのひととき。来生えつこさんが書かれた歌詞は、少女のはにかみやときめきを、しろい夏の帽子に託して、繊細にさわやかに描いている。なにより、歌詞もメロディーも、デビューしたての岩崎さんの清楚なすがたに、たおやかな、よくのびる声に、ほんとうにぴったりだった。

はじめてきいたときは小学生だったけれど、きいたとたんまわりがきらきらきれいに見えて、恋に落ちたようだった。いらい、夏がくるたび、かならずうたいたくなる。いまもそらで覚えていて、まちがえずにうたえる。うたうたび、また好きになる。

歌にも、一生ものがあるんだな。

くちずさめば、岩崎さんの涼しい瞳を思い出す。すてきなサマードレスを着て、きれいな髪を風になびかせ、うたっていた。


暑いまぶしい、日に焼けたといいながら、なんとか日がすぎる。

きょうの待ちあわせは、駅前ビアホールだった。

麦わら帽子のない夏なんて、考えられない。ビールのない夏も、おなじこと。

満員のお客さんは、パナマ帽のひとがたくさんいる。しろい麻のスーツに、アロハシャツに。気軽にかぶるひとが増えた。

みんな、大ジョッキをにぎりしめて、たのしそうに笑っている。パナマ帽の男のひとは、少年時代の愛嬌をとりもどしたように陽気で、どこか憎めない。

夏目漱石の夢十夜にあらわれる庄太郎も、そんなひとだった。

庄太郎は、いつもすてきなパナマ帽をかぶっている。

気がよくて、きれいなものが好きで、調子がよくって、あぶなっかしい。

町を歩く女のひとと、フルーツをうっとりながめて日を暮れさせる。どちらも、手にいれないのが信条だった。

ところがあるとき、とうとう絶世の美女に出くわした。ついふらふらとついていくと、とんでもない災難が待っているのだった。

夢十夜は、なんど読んでも、あたらしい。枕もとにならべて、おもしろいおもしろいとめくるうち、文庫本はぼろぼろになっていった。

麻のシャツが、洗うたびにやわらかくなるように。ジーンズが、すりきれて、はきやすくなるように。ぼろぼろの文庫本は、手になじみ、好きな場面、読みたいページを、すぐにめくれる。そんなふうに、時が育ててくれた。

毎年、夏になればラジオ体操をして、すいかをかじって、帽子をかぶって笑っている。

おなじように笑っていても、笑うそばから色褪せるような夏もあったし、笑顔で見送り、やりきれなくて目をとじるときもあった。

あのときは、あんな帽子だった。

色かたちが浮かんだとたん、家族やともだちと過ごしたながいながい一日、くちずさんできたいろんな歌、夢中で読んだ物語、たくさんの夏があふれてくる。たとえばいつかの旅の夕立なら、さいしょのひと粒、雨と砂浜の匂い、泣きたくて泣けなかった恋の苦しさまで、きょうの胸にたちのぼってくる。

ひと夏は、駆けていく。

けれども、光と木陰と涼風と。記憶のなかの夏は、生きるよろこびを、ますますあざやかに見せてくる。

子どものころ、浜辺でひろった貝殻を、ひとつひとつ机にならべるのが好きだった。波の音がきこえるかしら。息をつめ、耳をよせた。

あのころとおなじように、いつかの夏を、胸のうちにならべてみる。

しましまの夏

プールで泳ぎ、着がえて出る。

お昼は、そうめんと決めている。

しょうがと、青じそと、みょうが。

交差点で浮かべていて、ふと対岸に焦点があい、笑ってしまった。赤信号で待つ三人のひとたちは、みんなしましまのシャツを着ている。

紅白、紺白。ピンク白は、白髪の女性に、とても似あっている。太いの、細いの、おとなも子どもも、それぞれ似あうしましまで、あちこちをむいている。一期一会の大集合に、みんなまったく気づいていないので、ますますおもしろい。

そうして、手もとを見れば、やっぱり、しましま仲間なのだった。買いものかごには、緑白のしましま手ぬぐいが入っている。思いかえせば、けさは青白しましまの寝巻で目がさめた。さっき泳いでいた水着も、トリコロールのしましまだった。

はじめてからだが浮いたのは、小学一年生の夏休み。あの水着も、黒白の細いしましまだった。

母と兄と、子どもプールで特訓した。水深は、足首くらい。ワニみたいに腹ばいになってうろうろするうち、お尻がぷくんと浮いた。

……いま浮いた、浮くって、わかった。

声をあげたら、胸まで深いプールにつれていかれた。こわごわ水に顔をつけて、さっきのようにお尻をあげたら、浮いた。手をのばして、足をばたばたやったら進んだ。

感激の瞬間があったのに、そののちは、泳ぎはちっとも上達しなかった。

三十になるという春、近くの小学校の桜を見にいったら、プールがあたらしくなっていた。夜間は、一般開放しますと書いてある。

満員の通勤電車に揺られる日々で、足腰がぎくしゃくしていた。泳げなくても、歩くだけでもよくなるかしら。それで通いはじめた。

夜のプールには、泳ぎの上手なひとがたくさんいた。ながめるうちに、ちょっとは泳いでみたくなる。

お手本のうしろをばたばたついていくと、腕はこうしたほうがいい、息つぎのときは水をこんなふうにかくのよ。親切に教えてくださる方が、たくさんいた。そうして、みなさんにいわれたのが、とにかく力を抜きなさい。

ちいさいころから内弁慶で、ひとまえでは緊張のあまり、いわなくていいことばかり声になる。からだに力がはいるのも、ひとみしりのせいなんだなあ。

それでも、じたばたとつづけたのは、泳いだ晩はぐっすり眠れる。からまった糸がほどけるように、背すじがのびるからだった。

そうして春がすぎ、夏がきて、夏休みが終わるころになったら、百メートル泳げていた。それからは、おもしろくなって距離ものびた。いまは一時間弱に、一キロほどになった。

信号がかわり、しましまさんたちが渡りはじめる。横断歩道も、シックなモノクロームのしましま。あんまりでっかくて、気づかなかった。

やあ仲間たち、こんにちは。

声にしないで、機嫌よく、すれちがった。

さわやかで、だれにでも似あう。しましまを着れば、初対面の力み、構えも消えてしまう。

脱いだり着たり、洗ったり。昼さがりの道、海から遠いこの町なのに、潮の気配にふりかえる。

骨太半世紀

この夏、五十になった。

福島の郡山に生まれ、幼稚園にはいる春に、東京にきた。

母は、東京にきても、お米がなくなると親せきに電話をして、送ってもらっていた。父親が戦死した母は、ちいさいころから農家をしている大おじさん、大おばさんに助けられて育った。

お米は、りんご箱に入って、太い麻縄でぎっちりくくられて、律儀な文字の荷札がついていた。

さらさらきれいなササニシキといっしょに、いろんなものが詰めてあった。

大根や芋、柿やりんご、漬けものにあずき、葬式まんじゅう、お砂糖をかためたまっかな鯛、南蛮味噌のしそ巻き。鮭のふか場をしている家からは、鮭の粕漬けや、いくらの醤油づけ。

あのころは、翌朝配達も、クール便もなかったけれど、みんな傷むことなく届いていた。

大おばさんのお手製の、いなごの佃煮は、お菓子の紙箱に入っていた。ふたをあけると、全員みぎ向けみぎで、飴いろのいなごの群れが、びっしりならんでいる。

あまからくて、そりそりして、大好き。ほそい手足をつまんで、まじまじ見て、ぱくっと食べる。

ひとつ食べると、ぱくぱくそりそり、やめられない、とまらない。

ありがたいしろめしにのっけて、おやつに。いなごの佃煮は、梅干しやなっとうとおなじように、毎日のあたりまえの食べものだった。

そのまま東京の小学校にすすみ、夏休みにいなかに遊びにいくと、たんぼのなかにみどりのバッタがいて、これがあれだよと教えてもらった。

母が子どものころは、田んぼに入ってつかまえたそうで、手ぬぐいで捕獲袋をつくり、竹筒をいれて口をしぼる。

夏の早朝、田んぼには、いなごが三重四重に重なっていて、ぽいぽい捕らえて、竹筒から袋に入れる。袋が満杯になったら、学校の給食室にもっていき、大鍋でゆがいて、それを売ってお小遣いにする。

へええ、おもしろそう。

すっかり感心したので、のちに大草原のローラの物語で、いなごの大発生を読んだとき、もったいない、つくだ煮にしたらいいのにと思った。

五年生になり、東北の山に林間学校に出かけた。

朝晩の食事には、梅干し漬けものといっしょに、あたりまえに、いなごの佃煮があった。

……うええ、バッタだ。

でかい図体で教室をぎゅうじっている男の子が、まっさきに声をあげた。

ばっかじゃないの。

横目ににらみ、ぱくついていると、おなじ班の仲よしの女の子たちが、目をまるくしている。

おいしいよ。

そういったら、みんな、ぜんぶくれた。

東京っ子の同級生は、いなごを食べたことがなかった。いまもそのまま、五十のおじさん、おばさんになっているなら、骨が心配になる。みんなのカルシウムを横どりしたおかげで、きょうまで骨折しらずで生きている。

大おばさんが亡くなって、二十年よりすぎているけれど、ありがたいことに、いまも親せきにお米をお願いしている。

やさしい親切なかたたちで、手作りジャムや畑の葱、いちじくの甘露煮、甘辛味噌のしそ巻き、鮭もいくらも、いろんなものも変わりなく詰めてくれるけれど、いなごの佃煮は、もう入っていない。いなごじたい、あんまり田んぼにいない。

このあいだ、上野に遊びにいって、御徒町の老舗大和屋さんでつくだ煮を買った。ガラスケースにならぶしいたけ昆布、葉とうがらし、でんぶもほしいと迷っていると、いなごもあって、百グラム七百五十円。いちばん高かった。長野のいなごのことだった。

飛ぶ、跳ねるのいなごをつかまえ、身をいためぬようきれいに炊くのは、じっとしている椎茸やきゃらぶきを炊くより、ずっと手間と思う。子どものころのあたりまえは、たいへんなぜいたくになった。

そうして、長くごぶさたとなっていたけれど、あるとき中国の宴席にまざった。日中友好の大宴会で、まわる円卓に中国全土のごちそうがならんでいた。

なかに、昆虫の盛りあわせがあって、蟬ととんぼのからあげ、サソリも混ざっていた。いなごよりでっかいバッタは、甘い飴炊きになっていた。どれも、ぱりぱり香ばしい。蝉の腹のところは、しんなりして、海老やしゃこの干物みたいだった。海のものと野山のもの、すがたは、あんがい似てるものだなあ。強いおさけをきゅっと飲んでかじった。北京の下町には、こおろぎを愛でるひとがいたり、きれいな石を彫った蝉の置きものがあった。

いなごが食べられたから、ほかの虫も、ありがたくおいしく箸をのばした。虫愛づる中国流のおもてなしもうれしかった。

このあいだ、五十の節目健診というので骨密度をはかったら、三十代の男性同等とのことだった。ずっと牛乳ぎらいのままなので、これはまったく、いなごのおかげにちがいない。

大おばさんの家にいくと、いっぱい食べれ、もっと食べれ。いつもいわれた。ぜんそくもちのもやしっ子が、すこしでもしゃんとするように。いなごの佃煮は、山のふもとの田んぼから、はるばる東京に送りこまれていた。

絵はがき

そうじ、洗たく、朝食をすませると、買いものかごに紙ばさみとペンをいれて、出かける。

紙ばさみのなかは、絵はがきと、うすっぺらい住所録、切手が入っている。

……こんにちは。

そのあと、二、三行書いて出す。御礼とか、病気のお見舞いとか、用事があって書くときもある。結びには、ちかぢか飲みましょう。そう書くことも多い。

コンピューターに、携帯電話に、一日に数えきれないほど、知らないところからメールがくる。

開かず消すものがほとんどで、ざくざくざくと捨てていると、ひょろんと知りあいのものがまざっている。

返事をすると、すぐまた、返事がくる。

なんども、卓球のように返しあい、けっきょく会わないとらちがあかない。二時間後、メールを書いているあいだに、さっさと会えばよかったねと乾杯する。

そんなやりとりの顚末も、つぎの日には忘れる。

キーボードの世になって、みんなが筆まめになったけれど、なぜだかおんなじ文章に、なんども会うことが増えた。

とくに仕事のメールでは、物語を紡ぐということばを毎日のように読む。これは、織姫さま宛てなのかしら。首をかしげる。

へろへろ字をならべ、切手を貼る。

はがき用の切手は、知らないうちに値上がりした。封書は、かわらなかった。切手は、シールのほうが多くなった。いまの子どもたちは、ぺろんとなめて貼ることも、切手の糊のあのへんな味も、知らずに育つ。さいきんの切手は、薬のいやな味がする。むかしのほうが、まだよかった。

大学の四年間、絵はがきやでアルバイトをしていた。

世界の名画、キース・ヘリングやアンディ・ウォーホール、往年の映画スターも、作品を見るよりさきに、絵はがきで覚えた。

店のおくには、イギリス製の古い机と、座りごこちのいい椅子があった。ペンも切手も、売っていた。カードを買って、机で書けば、店のまえのポストに、すぐに出せる。

かき入れどきは、クリスマス、お正月、バレンタインデーぐらいで、あとは、羽のはたきとモップを持って、ぼんやり立っていた。アルバイト割引があったので、四年のあいだ、文房具にこまることはなかった。

そのころ集めた絵はがきは、いまもたくさんある。そのうえ、美術館や旅さきでも、つい買ってしまう。どんどん増えて、ひきだし一段、占領している。どのくらいあるか、千は越えている。

がさがさ入れてあるだけなので、日に焼けたり、角がまがったりしているものもある。そこから、二、三枚、おみくじみたいにひっぱり出して、紙ばさみにいれて出かける。

大好きなのが、いくつもある。

手ばなしたくないものをひっぱったときは、トランプのババをひいたような気もちになるけれど、そのまま持っていく。

一枚だけ、これはだめ。また、しまいなおすものがある。

少年は、セーターを着て、麦わら帽子をかぶっている。横むきで、顔だけこちらをむいて、手におおきな芍薬の花を持っている。

いつか、こんななんでもないセーターを編んでみたいと思いながら、三十年もやっていない。

はがきを出すと、町をぶらぶらして、昼どきに帰る。ラジオをききながら、納豆ごはんと、あるものを食べる。

洗たくものが乾くまで、お茶をのんで、うつらうつらして、西日がさすと、洗たくものをとりこんで、お風呂にいく。

きょうも、なじみの先輩がたはおそろいで、よかった。ひさしぶりのかたもいらして、近況をいいあう。

目玉が痛いといえば、お医者を教えてくださる。肩こりがしんどいといえば、わたしもよ、がんばりましょうと励ましてくださる。あそこのお風呂に通えて、ほんとうによかった。

そのように、たいへんありがたいと思っているつきあいなのに、毎日はだかで会っている常連さんのお名まえを、まるで知らない。知らなくて、いっこうにかまわない。

東京の下町も、異郷のはても、インターネットの世界も、たいしてかわらないのかもしれない。コンピューターやゲームのなかにも、ＶＲ湯なんていうのも、あるかもしれない。

熱い湯につかりながら、より道するか、うちで目刺を焼くか。

いまはこれだけ、真剣に考える。

朝がはやいので、夜ふかしはできない。より道してもしなくても、十時すぎには寝てしまう。

寝ているあいだにも、メールはぞくぞくと届いている。外国からも届く。

翌朝、パソコンをひらき、またざくざく捨てる。

開いて読んだというしるしがついていても、来たことも、読んだことも、差出人の名まえさえも、おぼろになっている。

メールは、土日祝日も関係ない。夜分恐れ入ります、休日にお騒がせいたしましてという感情は、むかしの作法になりつつある。

こちらにできる手立ては、返事をしない。感じがわるいけど、ほかに策がうかばない。


絵はがきを書いて、勝手に送る。

相手はもらうとうれしいのかどうか、考えたことはない。

絵はがきは、ボタンひとつで消えない。よろこばれないときは、メールより迷惑になっている。

毎日、原稿用紙と絵はがきに、字をならべているときだけ、あたまのなかの声がきこえる。絵はがきは、ちゃんときこえているか、その確認もかねている。

そのほかは、だれとはなしているときも、他人のように、ひとごとうわごとでいる。録音した声が、じぶんじゃないみたいに聞こえるのと、似ている。いつからか、そんなふうになっていた。

超特急ですっとばしていく世になって、手紙もはがきも、読書も、ペンを握って字を書くことも、減るいっぽう。紙の本ということばも、すっかりあたりまえになった。

字は書くのではなく、キーボードを押すこと。読めても、知っていても、手で書けない。それで平然としてよくなったから、脳みそとからだは、ますますはなれていくばかり。それでいっこうに、こまらない。

かつて。

おとなのひとたちは、手紙やはがきを送ってくれた。

励ましたり、たしなめたり、笑わせてくれた。旅先から思いがけず届くこともあれば、来るだろうなと待ちかまえたときもあった。そういうおとなたちの半分は、彼岸のむこうにいかれた。

昨年、ポルトガルの坂道をのぼり、息が切れて、どのくらいのぼったかな。たちどまった。

ふりむくと、あおい大河が見えた。

そのとき、なつかしいひとたちのすがたが、きゅうにいっぺんに、あらわれた。まるくておおきな文字、煙草をはさむかわいた指、明るいうちからのおさけ、くだらない冗談にまざる忠告。暑い夏、つぎつぎとあふれて、とまらなくなった。

ずいぶん長いこと、いること、いなくなったこと、いたことを、ひとつのひきだしにつっこんで、あけもしないでいたと気づいた。歩いて、たちどまり、ふりかえり、思い出した。古い町なみ、かわらぬ坂道に立って、脳みそが安心したのかもしれない。

ポルトガルでも、たくさん絵はがきを書いて、送った。

ひとも車もすくない公園のまえのポストにいれたけれど、ちゃんとみんなに届いて、うれしかった。

リスボンの坂

昨年の夏、ポルトガルの町を歩いた。

日ごろお酒をのむひとたちは、本好きが多い。ポルトガルにいくといったとたん、みんながみんな、ペソアといった。ポルトガルといえば、ペソアなんだという。フェルナンド・ペソアは、詩人の名まえ。はじめてきいた。

十六時間、飛行機に乗る。飛行機で、いつも眠らない。毛糸とかぎ針、それから本を二冊。ひとつは、満場御推薦のペソアの詩集。もう一冊は、若いころに読んだ小説だった。ポルトガルが舞台、おいしそうな料理やおさけがたくさん出てきたことだけ覚えていたので、本場でありつこうと、手さげに入れた。

主人公は、ある男に会おうとしている。夏で、汗だくで、つめたいおさけを飲んだり、肉の煮込みを食べたり、美術館で絵を見たり、ポルトガルの町をさまよう。

じぶんの影法師とたくさんの幻影、物語と現実、いまとむかしも溶けあうころに、邂逅がかなう。

おどろいたことに、ずっとさがしたその男こそ、ペソアなのだった。イタリアの作家アントニオ・タブッキの、レクイエム。

タブッキは、インド夜奏曲という映画を見て、原作を読んで知った。その端正な翻訳で、須賀敦子の名を知り、須賀敦子の著作の装丁にあった舟越桂の彫刻におどろき、そして、五十のいま。ことばも出ぬほどかなしくなると、舟越桂の父の舟越保武の、原の城という作品を見にいける。

そうして、これからポルトガルにいくのか。

雲のうえ、緑の道みちに、指を折る。わらしべ長者に負けぬ幸福と思う。

ポルトガルでは、サウダーデということばを覚えてきた。民謡ファドの歌詞にも、ペソアの詩にも見つけた。郷愁、なつかしさ。

リスボンもポルトも、坂の多いところだった。モザイク坂をのぼり、息がきれ、たちどまる。どこまでのぼったか。

ふりむくと、坂をおりたはてには、テージョ河。町を抱くように流れている。河口はちかく、もうあおい海の波だった。

ここから、エンリケ航海王子が、バスコ・ダ・ガマが、フランシスコ・ザビエルが船出をした。とおい旅路と、ここまでのぼってきた足あと、いまとむかし。そして、いろんなひととすごした時間があふれた。

ひとのこころは、生きている土地の地形にも、たいへん影響を受けると知った。リスボンは、だれもが詩人をたずねてきたような旅になる。書店ではいまも著作がいちばん目立つところに積まれ、カフェのまえには、ペソアの銅像とベンチがあり、記念撮影ができた。

古本街では、青年が自作の詩を朗読していた。道ゆくみんなが足をとめ、拍手を惜しまない。暮らしのなかに、ゆたかなことばが流れていた。神保町のすずらん通りにも、あんな若ものがいたらいい。

ひとの声をたどり、本をたどり、かぼそい縁のつるべをのばしながら、坂道をのぼり、たちどまる。

ふりむけば、あおいことばの海。

めでたいものをたずねて

成田空港をすぎてほどなく、ひろびろ土地が開けた。刈穂の田んぼ、青菜のそよぐ畑の道から、多古町にむかう。

栗山川を渡ると、みなもはまっさらな秋空を映している。集落を、低い山がかこんでいる。神社もお寺も山のうえ、古墳もある。橋から地図と景色をたどり、むかしから人が集い耕してきた住みよい土地とわかる。

鎮守の大宮大神ちかくの居射《いざ》地区に、多古町文化審議会委員の平山昭二さんをたずねた。ことし九十一歳になられる平山さんは、めでたいもの博士と呼ばれている。町の商工会に勤務されていたころから、この町に伝わる祝い唄、めでたいものの歴史を調べ、町の集まりで講話をなさっている。

めでたいものは、地元では、御毘沙《おびしゃ》という正月の集い、結納と結婚式、家の棟上げ式など、祝いの席でいちばん最初に歌われる。

……調査のきっかけは、平成二年に知人から新潟県十日町の天神囃子というお酒をいただきました。さっそくいただきまして、お酒の瓶のラベルをみると、多古町の祝い唄の歌詞が書いてありました。この唄は、多古だけの唄と思っていたので、意外な発見でした。さっそく十日町の市役所に問い合わせますと、天神囃子という唄は、十日町を中心に南魚沼地方で歌われている祝い唄で、祝いの宴席のさいしょに歌われているとのことで、これも多古との共通でした。

造り酒屋に生まれ、蔵人の酒造り唄をきいて育った平山さんは、ながく歌ってきためでたいものの起源に興味をもたれ、新潟にも訪れ、古い資料を集め調査をつづけられた。そして、このほど『資料集多古の祝い唄「めでたいもの」のルーツを尋ねて』をまとめられた。

資料集によると、文化六年ごろの菅江真澄による民謡記録集鄙廼《ひな》の一曲《ひとふし》のなかに、信濃国の田植唄の歌詞におなじ歌詞が見られる。また、江戸時代、多古藩では名主と庄屋が新年参賀に藩邸にあつまり、その席で唱和した。その唄が、他藩にもおよんだという。

また下総国の香取神宮では、田植神事がおこなわれ、その際歌われる唄の歌詞に、目出度たいものは芋の種という歌詞が含まれている。おなじ歌詞は、多古町のめでたいものの四番に見られる。

多古の長老は、毎年香取神宮に参拝していたことからも、このめでたい唄を覚えて、おみやげとして、地元に伝授したと考えられる。

多くの資料によって、平山さんはいまから七百年ほどまえに、上総市原地方や下総香取地方で神事の唄として歌われていたものが、仕事唄に取り入れられて、関東甲信越にひろまり、祝い唄となっていったと考察されている。

大根は、歌詞のとおり花が咲いて、種のさやのたくさんつくようすが、俵を積んだかたちに似ているという。また、大根、芋、そばの三種は、めでたいものの代表格として三つもの、三ツ揃えと呼ばれてきた。芋は、子孫繁栄。蕎麦は、赤い茎と白い花で紅白。大根は、長期保存に耐え、凶年草としても育てる。

千葉のほか東京、神奈川、埼玉、山梨、長野、新潟におなじ歌詞がひろまったのは、農家ならではの細やかな観察眼があったことも大きい。

口伝えにひろまったためでたいものも、いまはインターネットの世の中。ネットで平山さんのめでたいもの調査を知った、天神囃子調査をしている新潟の方との意見交換にも発展しているとのことで、平山さんの調査は、まだまだ深まっていく。

情報があふれ、生活の選択肢が増えた現在は、ひとのよろこび、祈りの起源を脚色することなく続けていくことは、なかなかむずかしい。

太鼓や鳴りものもない、手拍子だけのめでたいものは、民謡のもっとも素朴なかたちをとどめて、地元の集いで歌い継がれてきたけれど、結納や結婚式を町じゅうで祝うこともなくなり、歌えるひとが少なくなっていることを、平山さんも心配されている。

日本民謡大観をみてみると、下総国香取神社の御田植祭の田植唄があり、その四番に、目出度いものは芽の種茎長く葉広く子を殖すの歌詞がある。

また、下総国印旛郡遠山村の大根種という楽譜は、多古町とほぼおなじ旋律。説明文には、本元の多古町ではすっかり亡失してしまったとの記述。昭和二十年代の取材班も、探しあてることができなかった唄が、こんにちまでよくぞ残っていた。

さいわい現在の多古町は、ほかにも古い唄や民謡が歌いつがれ、また先日は千葉県立多古高校の生徒さんたちが、地域を応援する歌を発表し、合唱団も活躍中と、歌声の集う町だった。

みんなで地元の唄を持ちよる催しができたら楽しいですねとはなし、帰りがけに、平山さんが、めでたいものを歌ってくださった。

めでたいものは　大根種
花咲いて　実なりて　さあめでたい
俵重ねる　めでたい

たしかにこの唄のゆったりした力づよい拍子、節まわしのおおらかさは、苗をひとつ持ち、そのつど腰をかがめる田植えの動作をよくうつしている。

また、さあめでたいと、めでたいのところは、相撲甚句のあいの手のような間合いで入るのが特徴で、あいの手ではなく、歌い手が自分で入れる。

平山さんは、十日町では、もっとゆっくり歌っていました、寒いところだからかもしれないですと教えてくださった。

多古高校のお昼休みに、音楽担当の西村紀子先生に、町の歌の生徒さんたちが作った歌詞を見せていただいた。これから演奏とダンスを練習して、動画を制作するとのこと。タイトルは、ふるさとＳｏｎｇ・みんなの心をつなぐ歌。

歌詞には、栗山川のせせらぎ柔らかな風、豊かな歌にありがとう、この町が好きと伝えたい。ふるさとへの感謝が、まっしろな心が、おむすびのようにぎゅっとこめられている。みんながやさしい気もちをとりもどす、若さあふれる歌詞だった。

栗山川ぞいの、道の駅をたずねてみると、地元産の野菜がならび、新米もたんと積んである。多古町産多古米は、千葉県の有力ブランド。また、大和芋は全国トップクラスの生産量、色のしろさ、粘り強さが高い評価を得ている。

特産品の棚に、米焼酎があった。その名も、めでたいもの。歌う機会が減っているとはいえ、町のひとに親しまれ、大事にされていることがわかって、うれしいことだった。

日の高いうちにと、ＪＡ多古町の金子拓也さんをたずね、多古の畑を案内していただいた。

この時期に田畑でいちばん見かけるのは、大和芋だった。

もじゃもじゃと葉をひろげているところにかがみ、ぜんぶの葉を両手でひとかかえすると、そのしたに、一本だけ、地中につづく茎がある。収穫は一月から三月、この葉っぱを刈り取ったあとに行われる。

……この黒糖みたいな、関東ローム層の土が、大和芋の栽培に適しています。収穫は傷をつけないよう、すべて手作業、いちばん寒い時期に掘ります。

ひとつの種でひとつの芋しかできません。たいへん手間と苦労の多い仕事と教えてくださった。農家の人手不足と高齢化は長くつづく問題で、平均年齢は六十二歳。海外からの研修生を受け入れて、対策を模索しているとのことだった。

金子さんに、大根の種じたいも俵型でしょうかときいてみると、現在の種は、病気に強く、ちゃんと育つように改良されているので、ビーズのような形をしているとのことだった。

つづいて車で五分ほどの、赤池地区にむかった。

吉川博之さんは、農家の三代目。農業を継いで十八年になられる。よく日に焼け、笑顔の明るい、まさに快男児。ことしは、ＪＡ多古町生産者の大根部の部長さんも務めておられる。

家族四人でつくる大根畑にいくと、深い緑の葉がひろがり、土から白い大根が、むくむくとせり出してきている。

吉川さんは、あと二週間ほどで収穫ですが、直前に来た台風ですこし遅れそうですね。根元のようすを確かめながら、ことしは猛暑と台風で、ずいぶん苦労したと話された。

大根も、大和芋とおなじで、ひと粒の種で、一本しか育たない。収穫も、一本ずつ手で掘り起こす。そして、おおきく育てば、ぐんと重たい。作業のご苦労は、神事にひとしく、ありがたい。

　若手の吉川さんも、御毘沙の行事は知っていて、御毘沙が近づくと、お供えの大根を掘りにくるひとがいますねとうなずく。めでたいものは、歌いますかときくと、うちは父が出ているから、わからないなあ。御毘沙は、その家の代表が出るもので、赤池地区は、三月にあるとのことだった。


　ふたたび居射地区にもどってみると、睦会館に、女御毘沙に参加されているみなさんが集まってくださった。女御毘沙は、男御毘沙より遅く、一月二十五日。正月がひととおり整ったあとに開かれる。

　……いち、に、さん。

　合図で、声をそろえる。女声で歌うめでたいものは、平山さんの力強さとことなる魅力がある。たおやかで、すずやか、田に列をなして早苗を植える五月女たちの可憐な姿が浮かんだ。

　めでたいものは、五線譜でいうと、二拍子に、変則的に三拍子が入ってくる。歌い手によって、のばす具合がことなり、昔のひとは、きっとその差異を、ひとりひとりの願いや個性、味わいとして親しんだ。西洋音楽の教育が浸透し、みんながおなじに歌えるようになるほど、この豊かさを伝えるのがむずかしい。

七人の声を整えてくださったのは、平山芳江さん。この地区に生まれ、この地区に嫁ぎ、お姑さんの跡を継ぎ、御毘沙に参加されている。

……若いころは、唄の節もわからないでしょう。それでおしゃべりをしていると、お年寄りから、手ぐらい叩けって叱られたものです。むかしは、めでたいものに踊りをつけるひともいたし、手拍子の名人もいて、そういうのを見たりきいたりしているうちに、なんとなく覚えたものです。

みんなで声をそろえ、この唄の三番まで、三幅一対を歌い終わらないと、とにかく宴がはじまらない。大切な唄ですと教えてくださった。

女御毘沙では、鬼子母神の掛け軸をかけ、鏡餅と、弁慶というわら造りの人形に、大根、にんじん、里芋を大きく切って竹串にさし、その竹串を弁慶にさして供える。歌い終え、歌詞を読んでいたひとりが、この唄は大根種だったのねとおどろかれた。そこから話がひろがって、多古町のほかの地区では、歌詞が大麴種になっていたり、大耕地だねと覚えているひともいるとわかった。

祝いの唄で麴はともかく、大耕地とはとおどろくと、多古町は、かつて日本で二番目に大きな耕地整備を達成し、国からお金をいただいた。その耕地の由縁が歌われていたという。国からいただいたお金を、町のひとは子どもの教育にあて、農業学校を作った。それが、いまの多古高校とのことだった。

……うちの息子が、居射の区長になって、めでたいものを歌わなきゃいけなくて、毎晩ひとふしずつ教えたけど、なかなか難しかったですねえ。

芳江さんの息子さんは、地区長として大切な財産を受けつぐことになった。林地区には、めでたいもの保存会ができたとのこと。平山さんの調査がきっかけとなり、めでたいものが再評価され、あたらしい世代へと引きつがれる動きは、とてもうれしいことだった。

民謡には、正解がない。口伝えで、そのときその時代のめでたさで、さまざまな歌詞が生まれていく。ひとつの唄をたずねて、いまとむかしのひとの、唄にこめたこころに出会う。旅のいちばんのよろこびだった。

一番星を見つけた帰りがけ、鎮守の大宮神社に参詣した。古墳のような小山の頂の社に、一日無事の御礼をする。たしかにここは、この町の要。大地のへそに立つ実感があった。

祝いの席では、まずこの唄を。

歌い伝えてきた先人にとっては、神さまへのごあいさつ、祝詞のような唄で、声をあわせることは大切な儀式だった。土の香のぼる歌詞と、素朴な旋律で、神々をたたえ、感謝をささげた。

自然と生命世界のひろさを、ひとつぶの大根の種を寿ぐことで、のちの世代に伝える。ミクロからマクロへとひろがる視点は、いまこそ、あたらしい。

町の時計

三十年まえ、神保町に勤めていた。

御茶ノ水から駿河台の坂をおりていくと、頑丈な自転車に乗って、台車を押しながら、古書会館へとのぼるひとたちに会う。本の町が、動き出す。朝の活気とすれちがい、背すじあらため、会社にむかっていた。

地の利と、習うより慣れろ。門前の小僧は、老舗古書店、そして本丸の古書会館も、だんだんのぞくようになった。

気むずかしそうな旦那さん、店員さんも、たずねると熱心に教えてくださる。じぶんのお店にない本も、あの店ならあるだろうと、電話をかけてきいてくださる。そのときの、仲間どうしのやりとりをきくのを、たのしみにしている。それは、三十年まえもいまもかわらない。

インターネットのないころは、古書の価格は、店によってまちまちだった。探して、くらべて、歩く。宝さがしは、おもしろかった。

そうして、目録で地方の古書店からも買うようになり、彷書月刊という情報誌を見つける。雑誌主催の小説の賞に応募して、その原稿がはじまりで、読んだり書いたりするのが仕事になった。神保町に、本に、呼んでいただいた縁と思う。

二十世紀から二十一世紀になるころは、彷書月刊編集長の田村治芳さん、石神井書林の内堀弘さん、月の輪書林の高橋徹さんが、つづいて本を出されていて、話題のかたがただった。

古書会館の建物が、あたらしくなったのは、二〇〇三年だった。トークショーや、二階の展示室で、個性的なお店を覚える。イベントには本好きが集い、友人が増え、よい本をたくさん教えてもらう。

田村さんは、故人となられたけれど、神保町ではいまも、田村さんに似たひとをよく見かけ、会えなくなった気がしない。

古書展にいくと、老若男女がいつでもわきあいあい働いている。女性が増えた。ベテランがしぜんに慕われる商いとわかる。ひとりひとりの輪郭や表情のわかる昔ながらの仕事場は、若いひとにとっても働きやすそうに見える。蚊帳の外から、そんなことを思う。

夕方、神保町をぶらぶらすると、自転車に台車に、たくさん本を積んだひとが、それぞれのお店に帰っていく。
町の時計も、ゆっくりになっていき、どこで飲もうか。思案する。

霧のことば

気づかぬうちに、胸に、髪に、声に、霧の匂いがしみこんでいる。酷暑の町でも、うすぐらい食堂の床にも、霧は、あわいひと影となり、足もとに浸み、じっとこちらを見つめている。

須賀敦子さんの本は、さいしょは翻訳された小説を、のちに随筆を、ほとんどのものを、刊行と同時に読めたことは、なにより幸運だった。新刊書があふれる書店で、須賀さんの本はいつでも、素通りしてはいけない。澄んだ気迫を放っていた。他者の書いた小説の翻訳と、ご自身が筆者となったエッセイと、どちらの文章も、差を感じずに読んできた。

須賀さんのお仕事は、すべて、須賀敦子の声で書かれ、読むほうも、それをあたりまえに思っている。

翻訳小説ならば、だれかなにかになりすますのではなく、浄瑠璃を語るように、または黒子として、そっとたたずみ、その場で見届けている。アントニオ・タブッキも、ナタリア・ギンズブルグも、須賀さんの朗読を自室でむかいあってきいているように読んだ。

静かで、正確で、だれよりも控えめでありながら、唯一無二の個性、強い意志がある。その声に守られ、読者はひとりひとり、須賀さんと親密な時間をむすぶことができる。会わずじまいとなったいまも、耳のなかの須賀敦子の声を、はっきり聞くことができる。

随筆では、さらにことばの通じない、会ったことのないイタリアのひとたちの名まえを、訪れたことのない書店を、近所のことのように覚えている。

若いころは、みしらぬ書店の仲間になれたようで、うれしくて、ただ夢中で読んだ。再読するいまは、これほど思慮深い方が、無邪気というほどおおらかに、垣根なく書けたのは、なぜだろう。信仰、愛、友情。どれをいっても、うすっぺらで、答えには届かない。

読みはじめれば、すぐに旦那さんの名は、ペッピーノであり、若くして亡くなっていることを知る。イタリア各地の旅、出会うひとびと。華麗なるブルジョアの暮らし、つつましい農家の食卓。深夜にさえずるナイチンゲールの声をきく。うつくしい刺繍のあるリネン類、頭を使って集められる宝石は、まぶしい。

……なんでも新しいものを欲しがるのは、受け継ぐものがないからよ。

愛するひとと、仲間と出会い、別れ、ふりかえる。イタリアには、戦後の日本が手ばなした時間が流れている。

老いること、ひとりの時間がまったくこわくなかったのは、須賀さんの本を読んでいたからと思う。

再読し、若いころはまったくわかっていなかったことが、たくさんあった。ことに、若くして愛するひとを亡くした不幸は、はかりしれない。胸に手をあて、背をかためた。

……睡眠薬をのむよりは、喪失の時間を人間らしく誠実に悲しんで生きるべきだ。かなしみの底で心身を傷めた須賀さんは、コルシア書店の仲間のガッティに、きつく戒められている。

強い友情と、夫とともにすすめていた翻訳の仕事。裏切れない愛に励まされ、読むこと、書くことが天職と育った。

霧は、輪郭をやわらげ、空気を清め、見なくてよいものを、しぜんに隠すことができる。

随筆第一作であるミラノ霧の風景のあとがきで、須賀さんは、みずからのことを書くまでに時間がかかったと語られている。また、巻末の註にも、一冊にまとめるにあたり、かなり手をくわえ、書き下ろしをいれたとあった。

霧は、教養であり、一流の黒子としての矜持であり、また須賀さんだけの愛しい記憶の源泉と思う。

黒子の頭巾をぬぎ、霧のなかから歩み出て、書き手となり、みしらぬ読者のまえに立つ。

本書は、決して失敗のできない決意、覚悟をもった第一手だった。その覚悟は、おなじように名手として世にあらわれた幸田文さん、武田百合子さんに共通するものと思う。

あとがきの文末が、すべてを語っている。

……いまは霧の向こうの世界に行ってしまった友人たちに、この本を捧げる。

駅へ、駅へ

宿は、ながい坂のうえにあった。

ポルトガル鉄道のサントス駅までは、十五分ほど。きつい勾配の道から道を、乗りつぐように、しだいにころがるように、テージョ川ぞいまでおりると、ほこりっぽいホームがあった。

公園の柵みたいな、かんたんな改札。駅員は、みあたらない。ちいさなキオスクがあって、なかにいるお姉さんは、常連の男たちとからかいあって、大笑いしている。この機械、きっぷ買えませんよね。首をかしげている四、五人に、まったく気づいていなかった。

そのうち、みじかい髪の青年たちは肩をすくめて、ポルトガル語でなにかいいあう。そうして、むかいの下りホームへと、跨線橋を渡りはじめた。そうだよね。あとにつづいた。

きっぷは出てこないけど、列車は、時間どおりに来た。

水辺に近い四人がけの席に、進行方向をむいてすわる。暑くてまぶしくて、帽子が脱げない。夏日が続いているのに、地元のひとたちはあまりかぶっていない。光を浴びるのが、うれしいのかもしれない。むかいには、恋人たちがすわっている。

彼女が、線路に沿って走った光に目をやったとき、がたん。列車が動いた。

……サントスから、乗りました。きっぷの機械がこわれていて、買えませんでした。そのまま乗りました。

まわってきた車掌さんは、知っている。厳粛にうなずいた。さっきいっしょに乗った若ものたちが、さきにおなじことを説明してくれていた。車掌さんは、使いこまれた黒革の鞄をあけながら、こんどはやさしい目でたずねる。

……それで、どこまで行きますか。

どこまで行くのだったか。首をまわして、答えをさがす。

彼らと、おなじ駅です。

カスカイス。

車掌さんは、うなずく。スを、シュに近く発音した。

車内のひとたちはみんな、一枚脱げば泳げるかっこうをしていた。

テージョの水は、スペインからポルトガルの地に入り、そして海にそそぐ。この列車は、終点カスカイス駅まで、その流れに伴走する。

川といっても、もう海とおなじように広く、あおく、波の律動を持っている。話しあいてのいない一日、川から海へ、その境になる陸のとぎれまで、見送りにいってみようと乗った。

空と、みなも。

窓をながめて、だまる。

旅さきのこんなにあおい時間には、きまってもう会わないひとたちが、話しかけてくる。

ひさしぶりの死者たちはよく話すので、耳がくたびれる。そして、こっちの声をきく気はまるでないのだから、しかたがない。いま、ここできく必要があってきてくれたのだからと、だまっている。

思えば、ことしほど、ひとが死ぬ年もなかった。

だんだんと、みるものきくものよむものおもうもの、いることといたことの境を、あいまいにして、追わないようになってきた。終点までぼんやりことづてをきいたら、海で鳩を飛ばすように、縁の船出に手をふる。波は、寄せて帰ってくる。だから、海で別れたならば、どんなに迷っても、また会える。安心もある。

見えないひとがにぎやかになると、生きているひとは静かになる。みんないつしか目をとじ、窓をながめ、それぞれの胸うちの、だれかいつかを思っている。

死者にとって、列車はとても便利だった。

カフェなら、とぎれることのないおしゃべりや、スプーンや茶碗のかちゃかちゃに、かき消されてしまう。いない彼らのお気に入りは、木のたくさんあるところ、客のいない酒場、広くわたる風、美術館、きょうの列車の窓辺。それから、坂もいいみたい。それは、リスボンに来て、知った。

この町は、ほんとうに、坂の都。おりて、のぼって、息がきれて、立ちどまる。川から、どのくらい、はなれたかしら。ぜいぜいと天をあおぎ、光に目をほそめ、ふりかえるたび、だれかなにかが、すっとあらわれ、消える。

ポルトガルの詩人フェルナンド・ペソアがくりかえし捧げる、サウダーデの景色は、坂をのぼり、たちどまり、うしろ髪をひかれながら、おりていく。そのからだが、こころに、歳月の讃えかたを教えた。

詩人は、ひとりぶんの生涯に抱えきれないほどの時間をことばにしようと、そのためだけに生きた。

リスボンに来て、のぼっておりてたちどまって、息をきらしてわかったこと。

ひとつめ、ベレンの駅。

ここまでは、きのうも乗っていた。

駅のすぐそばに、おいしいエッグ・タルトの老舗があり、つれてきてもらった。

はんたいの窓をみると、きょうも道のむこうに、ひとだかりができている。

また走りだしてすぐ、こんどは川ぞいに、車やバスがたくさんみえて、巨大なしろい帆船の記念碑が見えた。

発見のモニュメントの先頭にいるのは、大航海時代の主役のエンリケ航海王子。バスコ・ダ・ガマ、マゼランが列につづく。種子島、鉄砲伝来といっしょに覚えた宣教師フランシスコ・ザビエルもいる。ここから新大陸発見をめざしたひとたちが、石像となってならんで刻まれている。

そのあとに、船出した彼らが、帰国の際にめざしたシンボル、しろいベレンの塔があらわれた。

リスボンの町を歩き、くたびれると、教会におまいりして休ませてもらった。

サン・ロケ教会は、日本の天正遣欧使節団の少年たちが滞在していた。この教会では、フランシスコ・ザビエルは聖人として祀られていた。正面のキリストは、いたのかどうか、もうわからない。このひとたちは、たしかにいた。

教会のひとに、日本人かときかれた。うなずくと、祭壇わきの小部屋に案内してくれた。そこには、ザビエルの日本での宣教のようすを描いた絵が飾られていた。鹿児島についたところ、山口の大名屋敷で宣教しているところ、病人に奇蹟をおこしているところ。

聖フランシスコ・ザビエルは、バスクのひとだったけれど、ポルトガル国王にたのまれ、植民地宣教のために船出した。日本のほかに、明やインドなどを訪れ、インドのゴアで亡くなった。

死後、ザビエルのからだの、耳と遺髪がこの教会にある。宣教したポルト、マカオ、そして東京にも、遺骨を安置した教会があると教わる。

海の時間は、とりつく島もなくひろがっていく。はるかむかしの、知りえなかった死者たちが、血肉の消滅は魂の死ではないと語りかけてくる。

旅のあいだ、日本からきたというと、相手の目もとがやわらぐことがなんどもあった。そのたびに、このひとはザビエルの旅や、かつてここにやってきた勇敢な少年たちの姿と、きょうの旅行者をかさねてくれているのかもしれないと思った。

ポルトガルのひとたちは、とほうもない暦をまとい、暮らすことを、あたりまえとしている。いまも、海路への憧れを持ちつづけ、素朴な地図と磁石で旅したむかしのひとたちを勇者としてたたえ、親愛と祈りを捧げて暮らしている。だから、会えなくなったひとたち、帰れなかった聖人、みんなこの地に憩う。

列車は、とまるごとにばらばらとひとが乗って、気づけば満席になっていた。

ポン・テンポ、よいお天気。お盆はもうすぎている。ポルトガルの海には、くらげが出ないのかしら。

家族づれ、若ものたち、恋人たち。背なかあわせの椅子に、おばあさんと、よく似た男の子がすわった。水遊びのバケツをかかえて乗ってきた少年は、こころぼそさを頰に浮かべている。

川がひろがる、波がたつ、しぶきがはぜる。

車内はしだいに木や家、とぎれとぎれにあらわれはじめた水平線に、みんな同時に目をうばわれ、また静かになっていく。

それぞれに、しぐさすがたで、いつかの列車、いつかの海をかさねているのがわかる。まえの席の恋人たちが、目を覚ました。ふたりのあおい瞳に、うみそらの色が揺れる。

みんな乗っている。列車は、おおきなサウダーデのなかに、溶き卵のようになめらかな時間を記憶を招き入れ、終点へとむかった。

ついてしまえば、あっけなくちらばった。

肩を組みながら、重ねたシャツを脱ぎながら、ほっぺたにキスをしながら、缶ビールをあけながら。そんなふうに海にむかうひとたちに、ついていく。

おどおどしているのは、水着を持たないひとりだけ。いましがた駅の構内に入ってしまった子猫は、口笛を吹かれ、おじさんにつかまえられそうになって、一目散に逃げていった。

白壁、レンガ色の瓦、色あせた国旗、ブーゲンビリア、フェニックスの並木、あおい大輪の朝顔。

浜へおりていくと、パラソルのもと、砂まみれのビキニとだぶだぶの海水パンツのひとたちが、ゆったり海を見ている。

電車でいっしょだった少年が、駆けだす。おばあさんが呼びとめて、シャツを脱がせ、ちいさなしろい背を押した。おばあさんは、彼が波打ちぎわにしゃがむのを見とどけ、パラソルを探す。

靴を脱いで、靴下を脱いで、波に足をひたす。ひく波の速さ、よせる波の勢い。まとわりつき、ほどける砂の軌跡。

とおくの船を数える。出ていくのかやってくるのか、とまっているように見えた。駅からの目抜き通りは、別荘地の明るい屋根と、すてきなレストランがならんでいる。リスボンより粗いモザイク道のさきを、買いもの袋をさげて歩く老夫婦を見つけて、ついていった。

三本さきの道をまがり、食料品店にはいっていく。そのとなりに、ちいさい食堂があった。

サラダ、ヴィーニョ・ヴェルデ、サーディン。

給仕にきた若い息子さんにいうと、サーディンにサラダがついているからといわれた。カタコトどうし、お通しに、山盛りのパンと、くたくた煮たキャベツと芋のスープが出る。

おじいさん、おばあさん、お父さんと子ども。お客さんは、普段着だけど、アイロンのあたった服を着ている。

いわしは、大皿に枕木のように五尾ならんできた。サラダの玉ねぎの、輪切りがぶあつい。となりのテーブルの母娘が、おなじ皿を頼んでいた。骨をはずして、つけあわせのゆでたじゃがいもをフォークでつぶして、あえて食べる。そのとおりにすると、目があって、笑う。多すぎると思っていた五尾は、テレビのドラマを見て、ワインの小瓶をあけるうち、食べてしまった。

満腹で、またにぎやかな海に足をつけにいって、遊園地の回転木馬に乗って、古本市をひやかしてみた。それでも、もやもやとついてきて、ひともことばも、いっこうに船出する気配がない。さっぱり解放されない。しかたなく、そのまま帰りの電車に乗った。

どうしたことだろう。窓をながめる。

海から川に、町に、みんなで帰っていく。

サントス駅には、帰りも改札のひとがいなかった。きっぷは、車内で車掌さんに渡して出た。キオスクの女性は、こんどは眉をひそめ、接客中だった。


旅は、この世はいつもどこでも受け身しかないと教えてくれる。

ポルトガルは、どこにいってもことばの粒がくっついてきて、その声の持ちぬしをさがす旅になった。

教会、喫茶店、市場、ファドの酒場では、歌い手がだれかを思い、目をとじる。船出の海、世界の知を迎えた坂道。この国は、自国の文化を持たないと嘆くペソアの詩も読んだけれど、その受容こそが、発見の手だてと思う。

そして、たくさんの青に出会う旅だった。

壁画やタイル画は、道に迷ったときの目印だったし、テージョ川のみなもも、つまさきがこころぼそくなるたび、あおい川はどっちだっけとふりむいた。

莫大な時間をたばねて日本に帰れば、荷も心身もほどくまもなく、追いかけられる。時差ぼけは長びき、眠らない夜中にひたされたまま、秋になる。

いわしおいしい、あの海。

まろいきいろい、あの菓子。

いろいろと書いてみたけれど、なにをことづかってきたのか、もやもやとまるで晴れない。

かつて旅した若ものたちは、活版印刷機、西洋の楽器、海図。だいじなものをたくさん持ち帰ったというのに。ほんとうのお使いを、まだすませていない。そんな日がつづいている。

いろんな列車にのるたび、窓におでこをつけるたび、坂をのぼるたび、そのさきにリスボンがある気がする。いまとなると、とおくに旅した気がしない。もやもやを抱えているうちは、まだなにか、ことばにすることがあるといわれている。

そんなふうに、駅から駅へとすごす。

秋も、終わろうとしている。十一月のきょうは、大阪に着いた。

難波橋をいきつもどりつ、川はこっちとたしかめながら、歩いている。古い洋館、金融や製薬といった会社が、職種ごとに集まっている町なみ。細い道も、由緒ある名まえを持っている。

立ちどまると、リスボンに似ているでしょう。

ささやくのは、だれか。

日曜日の道はがらんとすいていて、お店もお休み。そのうち古い教会に出た。

……どうぞ、お入りになってください。

赤ちゃんをおんぶした女のひとにいわれる。

浪花教会の礼拝堂は、ちょうどバザーのある日で、たくさんのひとがあつまっていた。いちばんうしろの席、男の子とお父さんとならぶ。

朝の光が、ステンドグラスにさしこむ。

ゆりの花のまんなか立つように見える祭壇で、神父さまはガチャガチャのはなしをされた。

ガチャガチャは、おもちゃをいれたプラスチックの球が、ころんとでてくる。ほしいものが出てくるとは、かぎらない。ほしいものが出てきますように。そう祈っても、神さまはかなえてくださらないという。

ほんとうの願いとは、弱さのなかにあらわれ、あらわれたときには、すでにかなっている。ひとの力は、弱さのなかでこそじゅうぶんに発揮される。そういうおはなしだった。

……わたしたちは、その弱さをたずさえて、じぶんだけの足跡をのこしながら、生きているのです。

神父さまは、聖書をとじた。

それから、みんな讃美歌の本を手にして、オルガンが鳴る。

こすずめも　くじらも　空の星も
造られた方を　たたえて歌う
大地震も　あらしも　稲光も
造られた主に　助け求める

楽譜を追い、讃えを声にしてとぼとぼついていくと、持ち帰ってきた光の束に、声の粒に、きょうのあたらしい空気がそそがれていくのがわかった。

みんなみんな、ずいぶんながく、さびしさ弱さとともに生きていたことだった。いることと、いたことと。

きっとその波打ちぎわに神はいらして、よせて返す声たちを抱き、救っていらっしゃる。

たまたまに導かれて、ようやくすこし、ことばになった。

リスボンのひとは、いまも親しく祈り、手を振っていてくれる。

大阪の日曜日、あのうみそらに、いだかれうたう。

手帳買う

週末、手帳を探しに、上野に出かける。駅構内と、アトレの明正堂書店と雑貨店、丸井に渡って、ロフト。それから鈴本演芸場のとなりのツタヤと、アメ横のガラクタ貿易、多慶屋をまわってから、ことしはパルコヤがゴールだった。

そして、ふたたびアメ横。たこ焼きとビールで休憩しつつ、さて。どれにしようかな。

たまには、イラスト入りにしようか。ムーミンのは、使いやすそうだったけど、開くたびにがらじゃあないって、照れるだろうな。開運手帳、ヘルスケア手帳、星占い手帳、俳句手帳、べんりな手帳がたくさんあるので、毎年迷う。

手帳は、気に入ればなんでもよくて、毎年ちがうものを使うことだけ、決めている。雑誌の付録についてきたもの、おととしは、化粧品を買ったおまけの手帳がすてきだった。

ことし使っている手帳は、丸井のロフトで買った。

仕事で知った男性が使っていたのがすてきで、どこのものかをきいて、まねした。縦長、薄型。黒革の表紙に、ちいさく２０１８と金色文字で書いてある。イギリス製なので、日本の祝日をたすためのシールがついていた。ちょうど馬券があたったので、高級手帳が買えたのだった。

背が高くて、スマートで、おしゃれ。この手帳は、教えて下さった紳士とよく似ている。

手帳も、ひとをあらわす。毎年ちがう手帳がいいなんて、ちゃらんぽらんもいいとこ。今週から忘年会がはじまって、いろんなひとに会えた。どんな手帳ときいてみたら、会うひとみんな、スマホがあるから使わなくなったといった。

戌年から亥年へ、わんわん走ったあとに猪突猛進とは、いまから息切れするけれど、たこ焼きとビールがあれば、なんとかなる。どうなることかと思ったことしだって、それで大丈夫だったから。

マヨネーズもかつお節も青海苔も、かけ放題。アメ横のたこ焼きは、安くておいしくて栄養満点。食べたら、かならず元気になる。ほんとうにありがたい。

六月末日に、父が死んだ。病気が見つかり、手術をしたけれど手遅れだった。それでも退院後は、元気で、消化のいいごちそうをよろこんで食べていた。五月の連休の終わり、誤嚥から肺炎になり入院して、そのままになった。痛み苦しみはなく、余命半年より三か月長く生きた。くいしんぼうだったので、最後ふた月の絶食が、いちばん気の毒に見えた。

父は、地方銀行に勤めていたけれど、東京勤務が長かった。うちのおばあさんが高齢になって、転勤願を出して、両親が東北に帰ったのは、二十歳のときだった。

それから毎年、暮れになると、地元に帰った父から電話がきた。

東京の書店で、手帳を買って、送ってほしい。商品名と品番号、価格をいい、代金は郵送。そういってがしゃんと切れた。後日、現金書留がとどく。五千円札と一筆、おつりで本を買いなさいとあった。

父の指定は、かたちも値段もふつう、合成皮革の黒い手帳だった。どこにでもある手帳を、わざわざ送るなんて。あきれて電話で文句をいうと、こっちの書店にはないんだ。とりよせてくれないんだ。それでないと書きにくいんだといわれた。

いらい、実家の近くにあたらしい書店ができて、そこの店長さんがとりよせてくれるようになるまで、毎年おなじやりとりがつづいた。

去年の暮れに帰省したとき、ひさしぶりに父の手帳を買いに行った。まだ書店までは歩けないからと頼まれた。春になって、元気になって、近くの書店とスーパーマーケットで買いものをするのを目標に、リハビリ体操をしていた。

六月末日、大祓いの明けがた。目が覚めて、ストロベリームーンというでっかい満月を見あげていたら、亡くなったと知らせがきた。

それから、通夜葬儀、納骨、新盆、相続手続、忙しい、わんわんと吠え駆けまわって、けさ。

喪中はがきの束をポストにいれて、ようやく年の瀬が見えてきた。

新盆のとき、父の机で書きものをしていたら、辞書のよこに黒い手帳があった。病院の予約、体重と血圧の推移、老人の生活が見えてくる。新聞の切り抜きも、たくさん貼ってある。

知人の訃報。健康欄のコショウをかげば高齢者の誤嚥が防げるという研究。投書欄の感心した一文には赤線がひいてあり、息子の会社の株価の変動と、娘の本の書評も貼ってあった。子どもたちの仕事には、いっさい興味を持たなかったので、おどろいた。

ぱんぱんにふくらんだ手帳は、合成皮革の実用本位。あまりに平均的で、秘密や暗号の気配もない。

くいしんぼう三昧で、さいごの十年は、新聞の切り抜きとゴミ出しと散歩が仕事になった。

おれは幸せだ、なんにも心配がないといって、八十四歳で死んだ。

レルビー

日曜日は、馬券を買いに、浅草へ。

おじいさんが、山に柴刈りにいくように、おばあさんが川に洗濯にいくように、毎週まじめを尽くしているのに、お馬は気まぐれ。的中は、二年にいちど、あるかどうか。

はやく来たときは、浅草寺さんにいく。ここのお寺のご本尊は、だれも見たことがないという。

むかしむかし、漁師の兄弟が隅田川に投げた網に仏像がかかった。なんど水にもどしても、網にかかるのは仏像ばかり。それで持ち帰り、知恵者にみてもらうと観音さまの像だった。

そうして、お堂にまつられたけれど、あるときお坊さんの夢枕に観音さまがあらわれ、みだりに拝むなかれとおっしゃった。それいらい秘仏となり、いま生きているひとはだれも見ていない。

浅草で飲むと、いろんなひとがこの話をきかせてくれる。

あるとき、ほんとうは、ないんじゃあないの。罰あたりなことをいって帰ったら、その晩、浅草寺の観音さまの絵を盗んでつかまる夢をみて、ものすごくこわかった。みたことないけど、いらっしゃる。

本堂で、おしくらまんじゅうみたいになって、手をあわせる。世界じゅうのひとが、ひとかたまりになっている。みんな、お賽銭を放って、目をとじ、いろんなことばで幸を祈っている。こんなにいるんだものなあ。隠れたくなるお気もちも、よくわかる。願いも二年でかなえてくださるなら、すこぶるはやい。

それから、喫茶店にいって、しらふで全力で予想をする。

あらく選んでから、四頭にしぼる。芦毛の馬と、外国人騎手。馬だって、はじめて乗る騎手をすぐには信用はしないだろうから、前走二レース以上組んでいること。新聞を読みこみ、馬の気もちばかり考えすぎて、ひとも神ほとけも忘れる。これが敗因なんだと、わかっている。

店を見まわす。マスターは、まえよりおしゃべりになった。おばさんは、美容院いきたて。いつも混んでいるここは、競馬中継を大画面でみられる。カレーもスパゲティも、大盛り。おじいさんが、ナポリタンのうえに粉チーズを、吹雪のように降らせている。殺伐すれすれの裏道にあるのがいい。

自動ドアが開いた。

着物すがたのふたりの女のひとは、むかいあってすわったとたん、居心地わるそうに見まわした。落語をききにきたみたいで、おたがいの知っているだけの情報交換をしている。コーヒーがきて、しばし休憩。年上のひとが、若いひとにきいた。

……それで、いつになったの。

……来年の三月十五日、日曜日にしちゃった。

そこからは若いひとは、結婚式の準備の苦労を話し、聞き役のひとは、はいはいはい、そうそうそう、あるあるあるあると、うなずいている。

ほんと、たいへん。ため息をつく花嫁に、そうだよねえとあいづちをうち、でも結婚したら五年、いや七年は楽しいからがんばりなといった。

耳に入ってきた数字を書きとめる。

三と十五と五と七、新聞と照らしあわせ、いいんでないの。

それで、四頭全通りの組みあわせを買って、お風呂にいって、三時すぎにおなじ喫茶店にもどってビールを飲む。ピーナッツをかじって、テレビを見る。

勝負師ばかりで、しーんとして、ときどき悔しそうなうめき声がきこえる。おばさんは、残念だったねえとビールをはこぶ。

そうしてむかえたメインレース、勝って負けた。

的中したけれど、本命だったので配当がつかず、赤字になった。さっきのふたりのおかげであたった。これからしばらく、他力本願でいくことにする。

じゃらじゃらじゃら。賭けたお札は、小銭になって、もどってきた。

花やしきのそばで、おでんとおさけ、帰りがけに、また浅草寺のさい銭箱に十円玉を入れた。八時をすぎて、本堂は閉まって、仲見世のシャッターも閉まっている。浅草の夜は、はやい。閉まりかけの花やの、シクラメンやポインセチア。

雷門をくぐって、地下鉄に降りる階段のまわりには、段ボールの家がならびはじめていた。棺のような低い家なみを、通りすぎていく。

あのなかは、ずいぶん暗いだろうな、息苦しくないのかな。

ことしの夏、父が亡くなったとき、母は、もっとりっぱな棺にすればよかったわねえといった。

これがいちばんきれいみたいだからと、カタログで松竹梅の梅くらいのを選んだら、薄くて軽くて、貧相だった。やっぱり値段通りのものだねえと話した。

おじさんがひとり、コンビニのわきに足をなげだしてすわっている。

地面に二枚、絵をならべて、ながめている。

一枚は、羽のある天使みたいなひとがいっぱい飛んでいる。

もう一枚は、あかい門とちょうちんと、笑って浮いている女のひとがひとり。門は鳥居のかたちだけど、雷門とかいてある。しゃがむと、こっちがいいよといった。

……きょうはじめて、かいたの。観音さま、はじめてかいたの。

ちょうちんの手前に浮いている観音さまの笑顔が、ものすごく明るい。

ほしいなというと、いいよといった。ポケットの五百円玉を出すと、いいよといった。そして、このお金は、酒は買わないよといった。だれかに、おさけ飲んじゃいけないといわれているんだな。

おじさんは、あのねあのねと、ちいさな子みたいにしゃべる。

きょう、はじめてかけたの、ずっと観音さまかきたかったんだけど、ずっとかけなかったの。


寒いから、気をつけてね。

おやすみ、おやすみ。手をふりあった。おみやげの絵をひらひらさせて、階段を

おりる。帰りの銀座線は、がらんとしている。

雷門のうえ、きいろい月は墨をすったような夜空を照らす。まっかな雷門、でっかいちょうちんのまえに浮遊する観音さまは、みどりのおきもの。頭のうしろに、光の輪がさしている。

足がみえないので幽霊みたいだけど、笑顔がとてもとても明るい。となりに、おじさんの名まえも入っていた。

まっくらな地下をうつす窓と、ひざにのせた絵を、かわるがわるながめる。ひょっとすると観音さまは、今夜ヤマトミさんに、夢でお告げをいうおつもりかもしれないよ。

ひろい世界をみれば、そのむかしポール・マッカートニーのところにだって、マリアさまがきて、お告げをささやいたんだから。

耳のおくから、じゃんじゃんじゃんじゃん、強いピアノが和音をきざむ。

レルビー、レルビー、レルビー、レルビー
ウィスパワーゾ、ウィズダム、レルビー

兄のレコードを勝手にかけて、こたつのうえで歌って踊った。

ばかな小学生は、インチキ英語でレルビーレルビーと声をはりあげて、気もちがよかった。神ほとけは、生きているひとにも会いにきてくれる。きょうから信じる。

地下鉄をおりて、空をみあげる。

あたまのなかは、レルビーで、はちきれそうになっている。

満月が雲でかくれる。ヤマトミさんは、そろそろ夢をみる。

あとがき

五十になり、その一年に書いた原稿を一冊にまとめた。

昭和から平成になったのは、はたちの冬だった。五十の春に、平成から令和になった。変わりめに立っているのは、五十もはたちも変わらない。ただ、はたちのときは身軽で、失うものはすくなかった。三十年のあいだに、失いながら生きる強さを身につけたかといわれると、うつむく。

窓辺のことは、共同通信社から全国の地方新聞に、週にいちど配信していただいた。連載をご一緒した牧野伊三夫さんの挿絵をこの本で見ていただけることが、いちばんうれしい。後半には、連載のほかに書いていたものをならべた。

昨年は、六月に五十の誕生日があり、おなじ六月末日に、父が死んだ。そこから今日まで、いのししのように駆け、また駆けて過ごした。鼻をすすり、奥歯を噛んで書いたものもある。しゃがみこむような日にも、書くうち明るい景色が見えてくることとたびたびだった。

ことしの夏は、十六年住んだアパートの建て壊しも決まり、あたらしい町に越した。近くて遠くなったおんぼろアパートは、昭和のオリンピックの年に立ち、令和のオリンピックの年になくなる。こちらも、時のめぐりあわせに立ちあうこととなった。

ことしに入ってからも、多くの訃報に接している。あたらしい部屋の窓には、おおきな台風が来て、吹き飛ばされていく枝、倒れていく木を夜どおし見ていた。ながく東京に住んで、いちばん強い風だった。五十になるというのも、いろんな覚悟がいる。そして、天命を知るのは、まだまだずっと先と思う。

連載を伴走してくださった共同通信社の須賀綾子さん、平本邦雄さんに、あらためて御礼申し上げます。掲載時にお世話になった各編集部のみなさま、ありがとうございました。

牧野さんは、本のタイトルを決めずらなっていると、銭湯に誘ってくださった。有山達也さんには、予定が遅れに遅れているさなかに、おいしい焼き肉をごちそうになった。なにより、煩雑なスクラップを整理してくださった上野勇治さんに、ご苦労をかけた。信頼を寄せるお三方に、この本を作っていただいた。原稿を読みかえすと、半年まえのことも、ずっとむかしのことも、みんな等しく遠い。そして、上の階に住んでいたかわいい坊やも、もう会えない尊敬する方がたも、父も、この本のなかにいてくれる。

十二支の締めくくり、いのしし年が暮れていく。

みなさまのあたらしい年に、よろこびにつどう日がたくさんありますように。

二〇一九年十二月　　石田千

初出一覧

○窓辺のこと「共同通信」に二〇一七年末から二〇一八年の一年間連載した作品　共同通信社（原題「窓辺の時間」、挿絵は牧野伊三夫）
○珍品堂の腹ぐあい「すばる」二〇一八年三月号　集英社
○霜の花「俳句と超短編」vol．7　二〇一八年五月　俳句と超短編
○夜ふかし「NHK俳句」二〇一八年三月号　NHK出版（原題「石田千さんの俳句的日常（一）夜ふかし」）
○アパートだより「NHK俳句」二〇一八年四月号　NHK出版（原題「石田千さんの俳句的日常（二）アパートだより」）
○ヒヤシンスとミルクティー「SHIPS Days」二〇一八年　Spring / Summer　SHIPS
○ひと夏のギター　青木隼人CD「日田」発売記念　青木隼人「日田」演奏と著者の朗読のための原稿。二〇一八年十月二十八日　日田リベルテにて
○夏のおさけ「七緒」二〇一八年夏号　プレジデント社（原題「石田千さんの薄荷の時間　夏のおさけ」）
○しましまの夏　二〇一八年「SHIPS Days」のための試作
○帽子と涼風「SHIPS Days」二〇一八年　Spring / Summer　SHIPS

○骨太半世紀「うえの」二〇一八年七月号　上野のれん会
○絵はがき「グラフィケーション」第十六号　二〇一八年六月　富士ゼロックス
○リスボンの坂「蒼海」創刊号　二〇一八年九月　蒼海俳句会
○めでたいものをたずねて「地域人」第四十号　二〇一八年十二月　大正大学　地域構想研究所（原題「「めでたいもの」を訪ねて」）
○町の時計「東京古書会館ってどんなところ?・」二〇一八年十一月　東京都古書籍商業協同組合
○霧のことば「文學界」二〇一八年十一月号　文藝春秋（原題「いまは霧の向うの世界に行ってしまった友人たちに、この本を捧げる」）
○駅へ、駅へ「球体七（下り）号」二〇一八年一月　アートエリアB1（鉄道芸術祭 vol.7）
○手帳買う「うえの」二〇一八年十二月号　上野のれん会
○レルビー「prefabpress」三号　二〇一八年十二月八日号　prefab. gallery & things（原題「おみやげ」）

石田千　いしだ せん

一九六八年、福島に生まれる。東京育ち。作家。二〇〇一年、「大踏切書店のこと」により第一回古本小説大賞受賞。二〇一六年、『家へ』にて第三回鉄犬ヘテロトピア文学賞受賞。民謡好きで、『唄めぐり』を著するなど記録にまとめている。画家、牧野伊三夫が装画を担当している著書は、本作のほかに『バスを待って』『箸もてば』がある。著書に『あめりかむら』『きなりの雲』『ヲトメノイノリ』『もじ笑う』『からだとはなす、ことばとおどる』ほか多数。

窓辺のこと

二〇一九年十二月二十五日　初版第一刷発行
著者　石田千
装幀　有山達也、山本祐衣
発行者　上野勇治
発行　港の人
神奈川県鎌倉市由比ガ浜三―一一―四九
郵便番号　二四八―〇〇一四
電話　〇四六七―六〇―一三七四
FAX　〇四六七―六〇―一三七五
印刷製本　シナノ印刷

ISBN978-4-89629-372-2